Les Éditions du Boréal
4447, rue Saint-Denis
Montréal (Québec) H2J 2L2
www.editionsboreal.qc.ca

LE PREMIER JARDIN

DU MÊME AUTEUR

Les Songes en équilibre, poèmes, Éditions de l'Arbre, 1942.

Le Torrent, nouvelles, Beauchemin, 1950 ; Seuil, 1965 ; H.M.H., 1976.

Le Tombeau des rois, poèmes, Institut littéraire du Québec, 1953.

Les Chambres de bois, roman, Seuil, 1958 ; coll. « Points Roman », 1985.

Poèmes, Seuil, 1960.

Le Temps sauvage, théâtre, H.M.H., 1967.

Dialogue sur la traduction, en collaboration avec Frank Scott, H.M.H., 1970.

Les Enfants du sabbat, roman, Seuil, 1975 ; Boréal, coll. « Boréal compact », 1995.

Kamouraska, roman, Seuil, 1970 ; coll. « Points Roman », 1983.

Héloïse, roman, Seuil, 1980.

Les Fous de Bassan, roman, Seuil, 1982.

La Cage suivi de *L'Île de la demoiselle,* Boréal/Seuil, 1990.

L'Enfant chargé de songes, roman, Seuil, 1992.

Le jour n'a d'égal que la nuit, poèmes, Boréal/Seuil, 1992.

Œuvre poétique 1950-1990, Seuil, 1960 ; Boréal, coll. « Boréal compact », 1992.

Aurélien, Clara, Mademoiselle et le Lieutenant anglais, roman, Seuil, 1995.

Poèmes pour la main gauche, Boréal, 1997.

Est-ce que je te dérange ?, récit, Seuil, 1998.

Un habit de lumière, roman, Seuil, 1999.

Anne Hébert

LE PREMIER JARDIN

roman

ÉDITIONS DU SEUIL
27, rue Jacob, Paris VIe

Les Éditions du Boréal reconnaissent l'aide financière du gouvernement
du Canada par l'entremise du Programme d'aide au développement
de l'industrie de l'édition (PADIÉ) pour ses activités d'édition et remercient
le Conseil des Arts du Canada pour son soutien financier.

Les Éditions du Boréal sont inscrites au Programme d'aide aux entreprises
du livre et de l'édition spécialisée de la SODEC et bénéficient du Programme
de crédit d'impôt pour l'édition de livres du gouvernement du Québec.

Couverture : Carlos Gallardo, *Autres ciels : Perplexité* (détail), 1995.
Galerie Éric Devlin.

Diffusion au Canada : Dimedia

Données de catalogage avant publication (Canada)

Hébert, Anne, 1916-2000

    Le premier jardin

    (Boréal compact ; 119)

    Éd. originale : Paris : Seuil, c1988.

    ISBN 978-2-7646-0046-7

    I. Titre.

PS8515.E16P73	2000	C843'.54	C00-940277-2
PS9515.E16P73	2000		
PQ3919.H42P73	2000		

« All the world's a stage. »
SHAKESPEARE.

Deux lettres venant d'une ville lointaine, postées à quelques heures d'intervalle, dans des quartiers différents, par des personnes différentes, la joignent en même temps, dans sa retraite de Touraine et décident de son retour au pays natal.

L'état civil affirme qu'elle se nomme Pierrette Paul et qu'elle est née dans une ville du Nouveau Monde, le jour de la fête de saint Pierre et saint Paul, tandis que des affiches, dispersées dans les vieux pays, proclament que les traits de son visage et les lignes de son corps appartiennent à une comédienne, connue sous le nom de Flora Fontanges.

Elle a relevé le col de son manteau de drap noir et caché soigneusement ses cheveux sous un carré de soie, noué sous le menton. Hors de scène, elle n'est personne. C'est une femme vieillissante. Ses mains nues. Sa valise usée. Elle attend patiemment son tour pour enregistrer ses bagages. Elle a l'habitude. Tous les aéroports se ressemblent. Et les points d'arrivée sont pareils aux points de départ. On pourrait croire que pour cette femme une seule chose est nécessaire, le rôle qui l'attend au bout d'une piste anonyme, balisée de lampes bleues, quelque part entre ciel et terre.

Le nom de la ville de son enfance n'est pas affiché au tableau des départs. Le numéro du vol, la porte d'embarquement, le point d'atterrissage, tout y est, sauf... Depuis le temps qu'elle l'a quittée, d'ailleurs, peut-être la ville s'est-elle résorbée sur place comme une flaque d'eau au soleil ?

Le vide de son visage est extrême alors qu'elle s'imagine, sous ses paupières fermées, la disparition possible de la ville, et nul ne pourrait se douter de l'agitation profonde qui la possède. Seule sa pâleur pourrait la trahir si seulement quelqu'un, dans la foule des voyageurs, s'avisait de faire attention à elle.

Elle semble fascinée par l'usure qui blanchit le bord des poches de son manteau noir.

Elle lève les yeux.

Un petit point lumineux clignote et indique la porte 82.

Il va falloir traverser l'Atlantique, durant de longues heures, et aborder quelque part en Amérique du Nord, avant que le nom redouté ne soit visible sur un tableau d'affichage, en toutes lettres, comme un pays réel où elle est convoquée pour jouer un rôle au théâtre.

Une fois l'océan franchi, elle n'aura plus qu'à attendre la correspondance. A moins qu'elle ne prenne le train.

Deux lettres ont suffi pour qu'elle entreprenne ce long voyage et revienne à son point de départ, là où elle s'était juré de ne plus jamais remettre les pieds ; un mot, un appel plutôt, de sa fille Maud et deux lignes du directeur de l'Emérillon lui proposant de jouer Winnie dans *Oh ! les beaux jours*.

Rien à déclarer, pense-t-elle, franchissant le contrôle de police, d'un pas léger, rechargeant son sac sur son épaule avec la poudre, les fards, le miroir indispensable à toute image d'elle redessinée.

Le commandant de bord Georges-Henri Levasseur vous souhaite la bienvenue à bord du 747...

Elle appuie son visage contre la vitre. Croise les mains sur ses genoux. Tandis que la terre disparaît sans laisser d'horizon. Il n'y a plus rien à voir ici. Le désert. La masse cotonneuse des nuages se brise au passage de l'avion. Se reforme aussitôt. Loin, très loin, sous les nuages, la fureur étale de l'océan invisible.

Elle se recroqueville sur la banquette. Replie ses jambes sous elle. Pense au rôle de Winnie. Évite de penser à toute autre créature que Winnie. Est grosse de la petite figure fripée de Winnie. Se concentre. Appelle Winnie de toutes ses forces. Fait venir une très vieille femme en elle. La dévisage, l'observe, l'épie. Se confronte à elle. Essaie de lui ressembler. Convoque en elle et sur elle, à même son visage, tout ce qui est fragile, vulnérable, déjà abîmé et passible de la peine de mort.

Elle tente d'enlever ses bottes. Occupe tout l'espace qui lui est octroyé, entre son voisin et le hublot. Se penche du mieux qu'elle peut. Un instant capte l'attention de son voisin, brusquement tiré de son désœuvrement par les gestes étriqués qu'elle doit faire pour se déchausser. Ses pieds étroits dans des bas noirs. Ses chevilles fines.

Il regarde la tête étrange de la femme. Sa chevelure surtout l'étonne, grise à la racine, roussâtre aux pointes, ne dirait-on pas le plumage chamarré d'une perdrix ?

Elle a très bien vu le regard moqueur de l'homme posé sur elle, sa moustache noire, ses grosses lèvres mouillées.

Je suis faite pour être vue de loin, pense-t-elle, yeux de biche, bouche sanglante, sous les feux des projecteurs. Il faudrait éloigner cet homme. Lui dire de revenir. Le temps que poussent tout à fait les cheveux gris de Flora Fontanges et que les pointes rousses et blondes des teintures tombent sous les ciseaux. C'est

11

exprès qu'elle les a laissés pousser, sans les teindre à mesure, en vue de se faire la tête grise de Winnie. Le soir de la première, au théâtre de l'Emérillon, son voisin d'avion pourra s'installer au premier rang, s'il le désire. La métamorphose sera complète. Elle lui fera voir la tête de Winnie dans toute sa décrépitude. Elle lui dira en pleine face : je suis Winnie. Personne n'aura le droit de la contredire. Le voisin d'avion sera subjugué. La salle friande et silencieuse comme pour une corrida. Le métier de cette femme est d'être exposée sur la place publique, et tous ceux qui l'ont connue enfantine et belle la verront se délabrer à petit feu, sous l'éclat des projecteurs, durant tout un été.

Elle a envie de dormir. Passe la main sur son visage pour y effacer les traces d'un rôle qui l'envahit. Va-t-elle, du même coup, gommer ce pli amer au coin de sa bouche, ces griffes fines autour de ses yeux, retrouver sa jeunesse aux pommettes dures ?

La présence de l'homme, endormi à ses côtés, la gêne. Respirant tout contre elle. Elle respirant tout contre lui. Leurs deux souffles mêlés comme s'ils étaient couchés ensemble dans le même lit. Deux vieux époux ligotés par la ceinture de sécurité, flanc contre flanc, à jamais inconnus l'un de l'autre.

Pour la première fois, depuis son départ, elle s'interroge au sujet du billet laconique de sa fille qu'elle n'a pas revue depuis un an :

« Envie de te voir. Viens. T'embrasse. Maud. »

Il n'y a plus de gare. Une baraque en plein champ en tient lieu. Le train s'arrête dans un terrain vague. Quelqu'un affirme que c'est là. On est arrivé. Tout le monde descend. La nuit. La rase campagne. Au loin, des guirlandes de lumière dessinent des rues. La nuit partout. Quelques taxis immobiles sur une file. Des éphémères dansent dans le rayon des phares.

Elle a des fleurs dans les bras. Le directeur de l'Emérillon lui a offert des fleurs. Il a un immense sourire sur des dents pointues et des petites lunettes rondes, cerclées de fer. Elle cherche des yeux sa fille Maud. Se plaint de ne pas voir sa fille. Le directeur de l'Emérillon lui dit que Maud doit l'attendre à l'hôtel. Ils montent dans un taxi.

Le directeur explique que la ville nouvelle, moitié village moitié banlieue, entoure la ville ancienne comme une ceinture verte. Elle n'entend pas ce que dit l'homme à son côté. A chaque éclat de néon signalant un motel ou un poulet barbecue, elle ferme les yeux. Voudrait se fondre dans la nuit. *Anywhere out of this world.* Son angoisse est de ne pas sentir la vie où elle se trouve. Et, en même temps, cela l'arrange. Tout ce qu'elle espère, c'est qu'il ne se produise rien (ni heurt ni émotion) entre la ville et elle, avant son arrivée à l'hôtel, rue Sainte-Anne. Elle ne veut pas se souvenir que sa fausse grand-mère habitait la vieille ville et qu'il fallait franchir l'enceinte des murs pour aller déjeuner chez elle, tous les dimanches.

Le directeur de l'Emérillon se félicite de ce que le travail soit déjà commencé sur le beau visage de Flora Fontanges. Il suffira de grossir les effets du maquillage et d'accentuer l'âge franchement. L'ensablement d'une créature vivante pourra s'accomplir, grain à grain, soir après soir, au théâtre d'été de l'Emérillon, tel que le rêve son directeur, depuis pas mal d'années.

Longtemps elle a dormi très tard, dans des chambres inconnues, dans des villes étrangères. Durant de longues années, elle a éprouvé l'effarement de celle qui se réveille dans le noir et qui ne sait plus où elle se trouve. De là à ne pas savoir qui elle était, l'espace d'un instant, la panique était complète. Elle a pourtant l'habitude. Tout finit par s'arranger. Il suffit de refaire l'ordre de la chambre, avant même d'ouvrir les yeux. Bien s'assurer des points de repère précis. Les vêtements de la veille, jetés sur une chaise, l'emplacement de la fenêtre par rapport au lit. Chercher avec patience le commutateur de la lampe de chevet qui se dérobe. Aborder de plain-pied la ville inconnue, le grand jour déjà étale.

La petite place sous sa fenêtre est éclaboussée de soleil. Des calèches fraîchement lavées, les roues rouges luisantes d'eau, des chevaux, le nez dans leurs picotins d'avoine. Des cochers s'interpellent. L'odeur des frites se mêle aux senteurs fortes du crottin.

C'est le présent à son heure la plus vive. Toutes les cloches de la ville sonnent l'angélus, à qui mieux mieux, en grosses rafales sonores. Le canon de la citadelle tonne midi. Les habitants de la haute ville règlent leurs montres et leurs horloges sur le canon de la citadelle.

Flora Fontanges est sans mémoire. Elle doit faire un effort pour se rappeler que sa fille n'était ni à la gare ni à l'hôtel, hier soir.

Il est en face d'elle, penché sur elle, au-dessus d'une petite table à la terrasse d'un café. Elle se penche aussi à cause du bruit dans la rue, tandis que son thé refroidit et qu'il termine son verre de lait. Il répète que ça fait quinze jours que Maud est partie et qu'il se sent capoter, surtout le soir. Il a une goutte de lait au coin de la lèvre. Sa voix est basse et traînante, comme feutrée.

Flora Fontanges regarde le garçon qui couche avec sa fille et n'arrive pas à croire qu'aucun chagrin d'amour puisse avoir prise sur lui. Il demande un autre verre de lait. Il s'étire dans le soleil. Il se console à vue d'œil, tant le jour qu'il fait le contente et lui plaît. Ses jambes longues, dépliées sous la table jusqu'à la table voisine. Il s'efforce de penser à Maud. Il fait la moue comme un enfant qui va pleurer.

Le petit trot des chevaux sur la Grande-Allée, les calèches bourrées de touristes, les longues voitures américaines doublant les calèches, les taches de soleil entre les feuilles, le miroitement du soleil sur les feuilles. Elle s'entend dire :

— Vous vous êtes disputés, tous les deux ?

Il fronce les sourcils et puis ça s'efface aussitôt sur son front comme si rien, aucune ligne ou pli n'arrivait à tenir sur sa figure lisse.

— Disputés ? Maud et moi ? Jamais de la vie !

Il dit ensuite qu'il ne sait pas pourquoi Maud est partie.

Il a l'air de chercher une raison au départ de Maud, et ça lui échappe comme un moustique dans le noir qu'on entend et qu'on n'arrive pas à attraper. Son beau visage innocent, vaguement perplexe.

Il s'appelle Raphaël. Il a vingt ans. Durant l'été, il raconte la ville aux touristes américains. L'année dernière, il était encore étudiant en histoire à l'université. Depuis presque un an, il partage la vie de Maud qui est fugueuse depuis son enfance.

Flora Fontanges se dit que rien ne change jamais. Si Maud a disparu, elle finira bien par revenir comme les autres fois. Mais elle a beau se parler à elle-même pour se rassurer, quelque chose dans l'air qu'elle respire avec peine est plein de menace.

Ce garçon en face d'elle semble faire un effort pour ne pas céder à la joie de vivre qui lui est naturelle. De nouveau, un vague froncement de sourcils. Sa voix lente, mate, qui traîne un peu en retrait, comme s'il se parlait à lui-même.

— Des fois, Maud, sa figure, quand on n'avait pas l'air de la regarder, quand elle ne nous regardait pas non plus, c'était comme si on l'avait offensée, une espèce d'offense lointaine dont elle n'avait pas conscience et qui revenait sur sa figure comme ça en passant, sans raison, comme une ombre…

Elle se sent mise en accusation par Raphaël, elle, la mère, qui est à l'origine du cœur de sa fille, de tout ce qui a commencé dans ce cœur d'enfant. Encore un peu, ce garçon lui parlerait de l'offense première qui a été faite à Maud, dans la nuit des temps, alors que Maud était sans parole ni traits certains.

— Elle était comment, Maud, quand elle était petite ?

Pourquoi ne pas évoquer une petite fille à l'odeur de talc qui se hausse sur la pointe des pieds pour embrasser sa mère au sortir de scène ? La loge est pleine de fleurs et de billets doux cachés dans les fleurs. Flora Fontanges a une robe de velours rouge, les épaules nues, mouillées de sueur, et des perles brillantes cousues dans son chignon noir. La petite fille porte une robe à smocks en liberty. Ses cheveux sont noirs comme ceux de sa mère. Elle a trois ans, cinq ans peut-être.

Cette apparition idyllique dérange Flora Fontanges. Elle préfère se raccrocher à une image plus récente de sa fille, celle de l'adolescente butée qui vient de faire sa première fugue. Elle parle à Raphaël comme si elle s'adressait à travers lui à quelqu'un de caché, très loin, dans la ville. Elle retrouve sa voix claire d'actrice rompue au chant et à la parole, à l'alternance du silence vivant.

— Rien à comprendre. Le visage de ma fille est fermé comme la pierre. Impossible de savoir si elle a faim ou soif, chaud ou froid, mal ou pas, si elle veut un fruit ou du chocolat, un blouson de cuir ou des patins à glace. Son désir semble inaccessible à elle-même.

Il écoute. Il s'étonne du son de la voix chaude et véhémente, comme si un ventriloque s'exprimait à travers cette femme effacée et sans âge. Il dit qu'il ira la voir jouer dans *Oh ! les beaux jours*.

Elle regarde les maisons victoriennes, transformées en cafés et en restaurants. Elle se demande quand est-ce que cela a commencé, tous ces parasols, ces marquises bariolées, ces petites tables, ces chaises plantées comme sur une plage, tout le long de la Grande-Allée.

Raphaël est plongé dans son verre de lait. Ses longs cils font de l'ombre sur sa joue. Il relève la tête. Ses yeux couleur d'agate. S'il y a quelque chose de commun entre Maud et Raphaël, ce ne peut être que l'enfance.

Elle dit :

— Maud était presque une petite fille quand elle m'a quittée. Comment est-elle maintenant ?

— Grande et pâle avec des cheveux noirs, raides, très longs qui lui descendent jusqu'aux fesses. Une vraie splendeur.

Un instant, Flora Fontanges a l'air de considérer une étrangère, dressée devant elle, théâtrale et redoutable, dans sa haute taille et sa beauté.

— Il y a un an, Maud est partie, et je suis demeurée sans nouvelles d'elle durant deux mois.

Il s'appuie des deux mains sur la table, avance son visage tout près du visage de Flora Fontanges. Il cligne des yeux dans le soleil. Sa voix soudain abrupte :

— Vous êtes devenue folle ou non, durant ces deux mois ?

Flora Fontanges se retire. A moitié cachée sous ses lunettes noires. Tout occupée en elle-même à tenir à distance qui peut l'atteindre et la blesser.

Ils décident d'un commun accord de ne pas prévenir la police et d'attendre. Ils sont debout dans la lumière d'été. Elle a déjà réglé la note. Il dit qu'il ne la croyait pas aussi grande.

Il la suit des yeux lorsqu'elle s'éloigne sur la Grande-Allée.

Flora Fontanges marche dans les rues qui lui paraissent étrangères, et cela la rassure de croire que les rues sont étrangères. Tant qu'elle conservera ses distances, rien ne pourra lui arriver de désagréable. Pour ce qui est de sa fille Maud, même si elle la rencontrait au détour d'une rue, elle n'est pas sûre de pouvoir la reconnaître.

La Grande-Allée, dans ses oripeaux de théâtre, s'allonge jusqu'à la porte Saint-Louis. Touristes et fonctionnaires de passage déambulent au long des trottoirs. Font trois petits tours et puis s'en vont. Ne sont pas nés ici. Ne mourront pas ici. Tout juste de passage. Dormir une nuit ou deux. Manger et boire. Fumer un joint. Courir les filles ou les garçons. Se promener en calèche. Ni naissances ni morts (sauf accident) à l'intérieur des maisons de pierre badigeonnées de couleur. Mais où sont les gens ? Les vrais. Ceux qui ont eu vie liée avec les boiseries sombres, les sous-sols incommodes, les escaliers tuants, les étages empilés, les cheminées ronflantes. Se sont-ils retirés, dorment-ils de leur dernier sommeil, murés dans la pierre de taille de leurs demeures, aux larges *bow windows* ?

Flora Fontanges craint plus que toute autre chose de réveiller des fantômes et d'avoir à jouer un rôle parmi les spectres.

Elle presse le pas, marche de plus en plus vite. Comme si on pouvait la joindre à la course. Évite soigneusement de passer la porte Saint-Louis. Ne verra pas aujourd'hui les façades grises de l'Esplanade ni la haute demeure de sa fausse grand-mère qu'on a transformée en hôtel. En passant près des anciens tennis du parlement, la vue des montagnes et du ciel, au loin, un instant, lui entre dans le cœur par surprise.

Raphaël est monté directement à la chambre de Flora Fontanges. Il a cogné à la porte et il a crié : « C'est moi, Raphaël. » Elle est en peignoir, et ses cheveux sont tout mouillés. Tout d'abord, elle fait la morte. Furieuse d'être dérangée. Raphaël crie plus fort : « C'est moi, Raphaël. » Elle entrouvre la porte et elle voit qu'il n'est pas seul. Il dit que Céleste est une amie de Maud et qu'elle arrive de la côte Nord.

Céleste porte sa maison sur son dos. On dirait une grande fourmi ployant sous sa charge. Une tente pliée, un sac de couchage, un réchaud à alcool, des conserves, du *smoked meat*, des biscuits salés, une trousse à pharmacie, de l'huile contre les moustiques, des bottes mexicaines et quelques livres d'ethnologie. Elle dépose son fardeau par terre et se frotte les épaules. Rit de toutes ses dents longues et fortes. C'est une très grande fille, maigre et osseuse, dans son short trop court, ses baskets énormes. Une frange raide de cheveux jaunes lui tombe sur les yeux. Ses jambes, ses bras, son cou sont couverts de piqûres de moustiques. Elle dit que la côte Nord, c'est génial, mais que les maringouins, c'est une peste.

Céleste se carre dans le fauteuil, les jambes écartées, les yeux mi-clos. Elle avoue que la civilisation a du bon et que les bourgeois ont d'excellents fauteuils. Elle rit. Elle parle de Maud. Elle dit « nous les filles », et elle a l'air de vouloir exclure le reste de l'humanité.

— Même si je savais où est Maud, je ne le dirais pas, ni à vous ni à Raphaël, question de loyauté entre filles ; les mères c'est aussi macho que les gars, c'est bien connu.

C'est une image de Maud qui lui vient soudain, au milieu de l'air confiné de la petite chambre d'hôtel, en fin d'après-midi. Elle n'aurait qu'à tendre le bras, dans la chaleur qu'il fait, pour retrouver la forme endormie de sa fille, sur son lit d'enfant, les yeux fermés, calme et tranquille, toute contenue dans son mystère, bien gardée durant son sommeil, à l'abri du monde entier.

Flora Fontanges s'attarde sur une image, rassurante entre toutes, voudrait que ça dure sans fin l'enfance à jamais révolue de sa fille Maud. Elle entend vaguement les voix de Raphaël et de Céleste qui passent au-dessus de sa tête comme des balles perdues.

— La dernière fois que j'ai vu Maud, c'était avant mon départ pour la côte Nord. Elle avait son air tanné, tu connais ?

Raphaël fait « non » de la tête, avec obstination.

Céleste rit, la tête renversée sur le dossier du fauteuil.

— Tu l'as jamais bien regardée, mon pauvre Raphaël. Moi, j'ai rarement vu une fille tannée comme Maud, certains jours.

Raphaël fixe des yeux le mur comme s'il y cherchait ses mots, à mesure, parmi les fleurs de la tapisserie.

— On devait partir pour Charlevoix dans trois jours. Tout était prêt. Je ne comprends pas.

Céleste hausse les épaules et dit que personne ne comprend

rien à rien, mais qu'elle, Céleste Larivière, a sa petite lumière personnelle au sujet des femmes amérindiennes, et que ça va être le sujet de sa thèse.

Céleste demande à prendre un bain. Elle s'enferme dans la salle de bains. Revient en trombe dans la chambre. Se promène toute nue. Cheveux blonds, aisselles et pubis noirs, bras et jambes démesurés. Fouille dans ses affaires. A genoux par terre. Retourne dans la salle de bains. S'asperge de la tête aux pieds avec le parfum de Flora Fontanges. Crie, à travers la porte, qu'elle pue la vieille actrice à plein nez.

La voici dans la chambre de nouveau, drapée dans une serviette-éponge. Elle glousse de plaisir. Retourne au fauteuil. Ferme les yeux. Toute livrée au bien-être d'après le bain. Elle se recueille. Prolonge l'extase. Retarde le plus longtemps possible le moment d'agir et de bouger.

Short blanc et T-shirt très vert elle dit « bye » et elle s'en va, sa charge sur le dos. Raphaël lui souhaite bonne chance. Il se retourne vers Flora Fontanges. Il explique que Céleste n'a que tout juste le temps de se mettre en quête d'un abri pour la nuit. Il dit qu'il est fort possible que Céleste aille dormir chez Éric. Flora Fontanges demande qui est Éric. Raphaël dit que c'est une longue histoire.

Elle éponge la salle de bains. Téléphone pour demander qu'on lui apporte des serviettes propres.

Elle a fait couper ses cheveux très court. Les pointes multicolores de ses cheveux jonchent le plancher du coiffeur. La voici avec une petite tête d'oiseau gris.

Elle fait face au directeur de l'Emérillon qui ne parvient pas à saisir ce qu'il y a de profondément changé chez Flora Fontanges. Il se nomme Gilles Perrault. Il a des yeux bleus, délavés, qui déteignent jusque sur ses joues fanées. Il enlève ses petites lunettes rondes et il tente de voir Flora Fontanges à travers le brouillard de ses yeux de myope. Flora Fontanges s'est fait une nouvelle tête sans le consulter, lui, le metteur en scène et le directeur du théâtre. Cela le déconcerte et l'inquiète comme si l'actrice docile de *Oh ! les beaux jours* lui échappait soudain, se permettant de travailler un rôle étranger en secret. Il remet ses lunettes et constate que le sourire de Flora Fontanges est trop charmant pour le rôle de Winnie. Il faudra lui interdire de sourire dès le début des répétitions.

Flora Fontanges se dit que, maintenant qu'elle s'est fait la tête de Jeanne au bûcher, elle pourrait très bien jouer la passion d'une pucelle de dix-neuf ans que le feu dénude avant de la réduire en cendres. Raphaël et Céleste seraient invités à la représentation, parfaitement complices de sa jeunesse ardente et de son destin tragique. Elle leur ferait vivre le *Vray Procès de Jeanne*, sans ménagement aucun, n'ayant pour cela qu'à puiser à la source de sa vie là où un grand feu barbare brûle encore et la fait hurler en rêve. De tous ses rôles, celui de Jeanne a été le plus applaudi au cours de sa carrière. Mais pourrait-elle le reprendre, ce rôle, ici, dans la ville, sans risquer d'y perdre la vie ?

Elle a quitté Gilles Perrault et se dirige vers la Boule d'Or, rue Saint-Jean, là où Raphaël lui a donné rendez-vous.

Ils sont tous là avec Raphaël, à la terrasse du café, les amis de
Maud, ceux de la commune. Ils ont rapproché deux tables pour
n'en faire qu'une. Ils boivent du lait ou du jus d'orange. Ils l'ont
vue venir de loin, avec son sac en bandoulière et sa tête de Jeanne
au bûcher. Raphaël fait les présentations. Il regarde la coiffure de
Flóra Fontanges. Il dit :

— Ça vous rajeunit.

Ce bel été qu'il fait. Il s'agit de ne pas respirer trop profondément et de bien rejeter l'air après qu'il a régénéré le sang. Tout
juste de quoi vivre dans l'instant. S'en tenir au seul présent. Tout
comme si elle faisait partie des amis de Maud, attablés à la
terrasse étroite d'un petit café, rue Saint-Jean. Déjà, elle a
regardé du plus loin qu'elle a pu, tout le long de la rue, jusqu'à
l'église du Faubourg. Comme pour s'assurer que rien de mena-
çant ne pouvait venir de ce côté.

Ils parlent tous à la fois. Ils tentent d'expliquer la rue
Saint-Jean, le samedi soir, en été. Des grappes de jeunes,
entassés aux terrasses. Les passants tous du même côté de la rue,
on n'a jamais su pourquoi. On roule à dix milles à l'heure. On a
tout le temps de faire son marché et de choisir, sans descendre de
voiture, la fille ou le garçon qui conviennent.

Ils rient. Ils font fête à Flora Fontanges parce qu'elle est une
actrice et qu'elle vient des vieux pays. Ils décident de lui faire les
honneurs de la ville. Ils la traitent comme une touriste modèle.
Le circuit habituel. La maison de Montcalm, les trésors des

ursulines et de l'Hôtel-Dieu. A la maison du Fort, quelqu'un dans la pénombre, parmi les maquettes bien alignées, raconte la bataille, de quelques minutes à peine, au cours de laquelle, en 1759, on a perdu la ville et tout le pays.

Ce qui devait arriver arrive à l'instant même. Voici l'Esplanade, la façade grise, les fenêtres qu'on a peintes en bleu, du 45 de la rue d'Auteuil. Aucune vie ancienne ne peut sans doute persister à l'intérieur. On pourrait cogner avec un doigt sur la pierre. Le vide seul. L'écho du vide. Le creux de la pierre. Le passé changé en caillou. Nulle grande, vieille femme en noir ne risque d'apparaître à la fenêtre et de soulever un rideau de guipure pour épier Flora Fontanges, la montrer du doigt. Nulle vieille voix sèche ne peut s'échapper de la fenêtre et prononcer l'arrêt de mort d'une petite fille rescapée de l'hospice Saint-Louis :

— Vous n'en ferez jamais une lady.

Flora Fontanges se dit qu'il n'y a pas pire sourde que celle qui ne veut pas entendre. Elle demande une cigarette. Personne autour d'elle n'a de cigarette. Quelqu'un parle de la pollution.

Ils sont assis par terre sur l'herbe dans le petit parc de l'Esplanade. Elle sur un banc leur faisant face. Ils lèvent la tête vers elle, attendent de sa part on ne sait quel discours magique. N'est-elle pas actrice, ne possède-t-elle pas le pouvoir de changer les mots ordinaires en paroles sonores et vivifiantes ?

Elle voudrait être à la hauteur de leur attente. Leur réciter un beau poème tout bas, le velours de sa voix tout contre leur oreille, exigeant d'eux une attention aiguë, une ferveur amoureuse. Les tenir tous en haleine, au point le plus haut de sa vie. Être soi-même, un instant, ce point lumineux, en équilibre sur l'horizon, qui vacille et retombe en une gerbe d'écume.

Elle baisse la tête. Se concentre. Dans la pauvreté extrême de l'instant. Ramasse sa pauvreté comme un don. N'est plus qu'une grande femme tondue dans le soleil d'été. Livrée à tous ces regards autour d'elle. A toute cette attente sauvage. Dans la nuit de la grâce. Jeanne en elle subit son procès et sa passion. Elle vient d'abjurer. Elle tremble. Sa voix n'est plus qu'un fil tendu qui se brise :

— J'ai eu si peur d'être brûlée...

Soudain, Flora Fontanges n'est plus maîtresse des sons, des odeurs, des images qui se bousculent en elle. L'âcreté de la fumée, une enfant qui tousse et s'étouffe dans les ténèbres, le crépitement de l'enfer tout près, la chaleur suffocante, l'effroi dans sa pureté originelle. Elle s'entend dire une seconde fois tout bas, mais si distinctement qu'on pourrait lire chaque mot sur ses lèvres :

— J'ai eu si peur d'être brûlée...

La petite phrase les atteint par surprise, le silence les tient un instant parfaitement immobiles, la tête levée vers elle, puis ils se secouent, se regardent, les uns les autres, avec étonnement, craignent qu'elle ne se soit moquée d'eux. Une si petite phrase comme ça, détachée de son contexte, opérant toute seule pour son propre compte, leur faire tant d'effet, il y a certainement malentendu ou sortilège.

Elle passe la main sur son front pour y effacer Jeanne et l'épreuve du feu. Retrouve sa figure usée et sans éclat. Dit qu'elle veut rentrer. Raphaël à ses pieds n'a pas bougé. Il voudrait que ça dure sans fin sur les traits de Flora Fontanges, dans le son de sa voix, le drame et l'épouvante. Une sorte d'avidité nerveuse. Il supplie :

— Ne partez pas tout de suite.

Elle est debout dans le petit parc de l'Esplanade, entourée de garçons et de filles, sans maquillage, tout prestige retiré comme un masque, vieillissante et fatiguée.

Céleste dit qu'elle n'a pas la moindre idée de l'endroit où elle pourrait dormir ce soir. On ne sait plus lequel d'entre eux affirme que Flora Fontanges, à son hôtel de la rue Sainte-Anne, dispose de deux lits jumeaux.

Céleste s'est endormie presque tout de suite après avoir déclaré qu'un vrai lit, même quand on ne fait pas l'amour dedans, c'est génial.

Flora Fontanges veille dans le noir. La respiration étrangère à ses côtés prend trop de place dans la chambre, pompe tout l'air alentour. Flora Fontanges est oppressée. Elle se demande où peut bien dormir sa fille, cette nuit.

Au matin, il a fallu demander à Céleste de partir. Elle a sauté hors du lit comme si elle avait un ressort au creux des reins.

— Des draps frais, c'est doux à mort mais, à la longue, ça risque de me faire perdre mon âme, je pars.

Elle a laissé la moitié de ses bagages dans la chambre.

Elle presse ses mains maigres l'une contre l'autre. Feuillette le livret de *Oh ! les beaux jours* comme si le sort de Winnie ne la concernait plus. Se voudrait indestructible et dure comme un galet. Ce rôle est pourtant inespéré. On l'a tirée de sa retraite pour ce rôle, entre tous, comme une plante que l'on sort de l'ombre et ramène vers le jour, elle dont la vie pendant si longtemps a été d'être maquillée à outrance, dans la lumière crue, afin que rien ne se perde de l'expression de son visage et de son corps, du plus loin de la salle qu'on se trouve. Et voilà que, peu à peu, il lui a fallu ranger les fards et les poudres, les larmes et l'éclat de la joie et la vivifiante hystérie. Privée de sa raison de vivre, elle s'est mise à cultiver des roses et des dahlias en Touraine, aménage un vieux pigeonnier tandis que sa fille disparaît à nouveau, pareille à un oiseau qui prend son vol sur l'horizon.

Elle décide de ne plus penser à Winnie, de tenir Winnie à l'écart, encore un peu de temps, comme sa propre vieillesse, en marche vers elle.

La première lecture avec son partenaire, sous l'œil délavé du directeur de l'Emérillon, a été fixée au trois juillet.

Raphaël insiste pour lui faire visiter la ville comme si elle n'y avait jamais mis les pieds. Peut-être de cette façon échappera-t-elle à ce qu'elle sait de la ville et se contentera-t-elle de la version de Raphaël ? Elle voudrait être ailleurs. *Anywhere out of this world*, se répète-t-elle. Est venue ici pour jouer un rôle au théâtre. Le jouera ce rôle. Puis s'en ira finir sa vie ailleurs. A moins que sa fille ne surgisse tout à coup. Ses bras autour de son cou. Sa joue fraîche contre sa joue.

Raphaël, en bon guide attitré, a emporté un plan de la ville. Flora Fontanges se penche sur le plan déplié, bien à plat, sur le lit. Elle cherche la côte de la Couronne et le quartier Saint-Roch. Biffe tout le quartier d'un trait de son stylo. Elle fait ses conditions. Il y a des lieux interdits où elle n'ira jamais. Que Raphaël se le tienne pour dit.

Pour ce qui est de la rue Plessis, rien à craindre de ce côté. Elle a très bien vu sur le plan que cette rue n'existe plus, ni les rues avoisinantes. On a démoli tout le quartier, le dédale des petites rues et des ruelles, les maisons convenables et les masures derrière les belles demeures de la Grande-Allée. Mais où sont passés les gens qui habitaient là ? A-t-on allumé un feu de joie avec les vieux désespoirs, pêle-mêle avec les vieilles casseroles, les matelas crevés, les hardes crasseuses ? Qui donc a soufflé, comme un château de cartes, le magasin de bonbons de M. Smith ? Quelle petite fille s'attarde dans la tête de Flora

Fontanges, prononce distinctement une phrase sans rapport avec la grande personne usée qu'est devenue Flora Fontanges ?

— S'il vous plaît, monsieur, une cenne de savate ?

Un petit paquet de bûchettes noires, creuses comme des macaronis, attachées avec une ficelle rouge, minuscule fagot de réglisse, est exposé dans la vitrine de M. Smith. Le désir retrouvé. La convoitise intacte. Elle entend de nouveau cette voix de petite fille dans sa tête :

— S'il vous plaît, monsieur, une cenne de savate ?

Il la supplie de venir avec lui. Il dit qu'il fait beau et qu'il est presque midi.

Ce qui retient Flora Fontanges, debout, immobile, au milieu de la chambre, n'a aucun rapport avec Raphaël ni avec le temps qu'il fait. Il s'agit d'une image ancienne.

Elle voit très nettement une poignée de porte en verre taillé qui brille étrangement dans la rue Plessis aux façades sombres. Flora Fontanges ne pourra jamais exprimer la beauté insolite de cette poignée de porte, les couleurs du prisme se mirant en chacune de ses facettes, virant au seul violet, à mesure que le temps passe. Il suffirait de la tourner dans sa main, avec précaution, cette poignée brillante, pour avoir accès à tout l'appartement de M. et Mme Eventurel qui ont adopté une petite fille rescapée de l'hospice Saint-Louis.

— Madame Fontanges, venez-vous ?

Raphaël s'impatiente. Il est jeune et beau, en plein midi, dans la ville qu'il croit connaître, comme personne d'autre au monde. Elle n'est plus tout à fait avec lui étant tout occupée en elle-même à retrouver des images qui la dérangent.

Ça doit être ça tomber en enfance, pense-t-elle, une petite digue qui cède dans le cerveau, et le passé surgit, dru comme le mercure, envahit le présent et le noie, tandis que la mort saisit le vif, comme dit la loi.

L'éclat de midi sur toutes choses. La haute ville dressée sur son cap, verte et chevelue comme une campagne, à la crête des murs, là où la citadelle est juchée contre le ciel. En bas, le parc des Champs-de-Bataille. En contrebas, le fleuve, d'allure océane, à l'odeur de vase, d'huile et de goudron, baigne des quais moussus.

Les cloches sonnent à toute volée.

Raphaël ne peut qu'énumérer des noms d'églises au passage, comme s'il désignait des vieilles mortes, effacées dans l'éblouissement du soleil. Tandis que Flora Fontanges se demande s'il y a encore quelqu'un, dans chacune de ces églises, qui répond au nom de Dieu ? Il y eut un temps où Dieu se commettait sans vergogne derrière les façades de pierre grise. C'était un temps de certitude. Dès le portail ouvert, on savait à quoi s'en tenir. Une lampe rouge allumée signalait la présence réelle. Une flamme clignotante, un signe de feu, suspendu près de l'autel, et l'on savait tout de suite que le buisson ardent existait, enfermé dans le tabernacle. Dieu se tenait là, il se cachait, par pitié pour nous, à cause de l'éclat insoutenable de sa face.

— Tu crois en Dieu, toi, Raphaël ?

Raphaël dit qu'il ne sait pas, qu'il ne s'est jamais posé la question.

— Et vous, madame Fontanges ?

Elle dit qu'elle ne sait pas non plus.

Elle l'a accompagné jusqu'au soir, harassée, écoutant à peine ce qu'il raconte, livrée à sa propre mémoire, comme un enfant qui n'en peut plus de suivre son idée.

Raphaël dit que leur plus grand rêve, à Maud et à lui, c'était de vivre une journée entière, sans en perdre un instant. Une attention extrême au passage du temps sur la ville, tout comme s'ils se trouvaient changés en un sensible cadran solaire, capable de capter la plus petite vibration de la lumière, et cela du matin au soir, sans que leur vigilance fléchisse, ni le goût de l'instant qui passe.

Il rit. Il dit que c'est un rêve, qu'ils ont essayé plusieurs fois, Maud et lui, et qu'ils ont toujours raté leur coup, faute d'attention continue.

— Un jour, peut-être, la vie à plein bord, la force nécessaire pour ne rien perdre. Peut-être avec vous, madame Fontanges. C'est déjà commencé, vous et moi, depuis ce midi. Mais vous êtes trop distraite, madame Fontanges.

Elle dit qu'elle est fatiguée et qu'elle voudrait rentrer.

Il a l'air tout décontenancé, penaud tel un enfant puni. Il insiste pour qu'elle reste avec lui.

— Ne partez pas tout de suite, ce n'est pas encore tout à fait la nuit. Il faut voir la nuit maintenant, de la terrasse Dufferin, vous verrez. La journée n'est jamais complète avant qu'elle ne bascule dans le noir. C'est comme si on vidait ses poches avant de se coucher. On fait le vide. Dans sa tête. Dans son corps. On jette tout par-dessus bord. On voit le noir, qui arrive de partout, nous envahir peu à peu. Avant de plonger pour de bon et de s'endormir jusqu'au matin, comme si on mourait. Il faut voir venir la nuit, la nuit qui s'étend partout. Il faut voir, madame Fontanges, il faut...

Un grand ciel, extrêmement haut, pas tout à fait noir, brille de mille points lumineux. Le fleuve qui n'a pas encore quitté sa propre lumière répète le ciel et scintille de toutes ses vagues luisantes. Un piétinement confus de sabots sur des planches, des vies chaudes, bruyantes, qui passent. La terrasse Dufferin déverse sa foule nocturne sous le ciel d'été. Ceux de la haute ville rejoignent ceux de la basse ville, sur la promenade de bois. Deux courants se rencontrent, se heurtent et se mêlent sur les planches sonores, pareils au mouvement du fleuve lorsque les eaux douces rejoignent les eaux salées, se brouillent un instant et suivent leur cours saumâtre.

Ils ont attendu que le ciel soit parfaitement noir. Raphaël à son bras est comme son fils qui l'emmènerait promener. Sa haute taille se voit de loin. Lorsqu'on est tout près, on voit son beau visage. Les filles le reluquent au passage. Leurs corsages clairs. Leurs regards malicieux. Leurs bouches désirables et désirantes.

— Avec qui tu couches, à soir, mon beau ?

Raphaël semble vouloir se fondre parmi la foule qui le frôle. Il dit que c'est comme l'eau salée et que ça le porte. Il est dans le mouvement de la foule comme un poisson dans l'eau. Elle demeure sans désir dans un monde qui n'est que désir. Le battement de la vie autour d'elle afflue de tous côtés.

C'est un jour d'été sans éclat, le soleil à moitié caché derrière des couches de nuages qu'il chauffe à blanc. Le ciel pèse sur nos têtes comme un couvercle brûlant et crayeux.

La basse ville cuit dans ses pierres nouvellement ravalées et ses touristes débraillés. Le théâtre de l'Emérillon est ouvert derrière la place Royale. Bouche d'ombre humide et fraîche. On y respire un air de cave et de sacristie.

Flora Fontanges a été convoquée par le directeur de l'Emérillon, pour un bout d'essai, dit-il en fermant à demi ses yeux myopes. Ce bout d'essai consiste à placer Flora Fontanges sur la scène, vide de décors et de partenaire, sans projecteurs ni rideaux, après s'être bien assuré du désert complet dans la salle. Une sorte de huis clos entre le metteur en scène et Flora Fontanges. Isoler Flora Fontanges dans le vide. L'examiner sous toutes les coutures comme un microbe vivant sous le microscope. La saisir au moment de sa métamorphose, ce rôle qui doit l'envahir peu à peu. Sans texte et sans voix, sans geste ni maquillage, dans la nudité la plus parfaite, que Winnie sorte au grand jour et soit bien visible sur le visage de Flora Fontanges et dans son corps qui se tasse et se racornit à vue d'œil.

Elle fait appel à l'expérience de toute sa vie, chargée d'âge et d'illusions perdues. Elle a accès à ce qu'elle ne sait pas encore, qu'elle devine seulement dans les ténèbres du temps en marche. Flora Fontanges est déjà consommée dans l'éternité, toute livrée au rôle qui l'habite et la possède.

On peut voir des poussières légères, qui voltigent dans le rayon de lumière venant de la porte ouverte.

Le directeur de l'Emérillon s'est arrangé pour qu'elle soit bien au centre du rayon, sous une poudrerie fine. Il ajuste ses petites lunettes cerclées d'or. Il regarde, comme avec une loupe, celle qui est seule sur la scène, dans la lumière blême et la poussière qui vole. Elle est assise sur un pliant de toile, penche la tête et fixe des yeux les veines de ses mains, posées à plat sur ses genoux. A mesure que Flora Fontanges se concentre, les veines gonflent et se dessinent, de plus en plus nettes et bleues, sur ses mains pâles.

Bientôt, il n'y a plus qu'une petite vieille ratatinée et muette, tout exprimée dans sa sécheresse, pareille à un tas d'os cassants.

Gilles Perrault est attentif comme si la vie et la mort se jouaient à son commandement, là, devant lui. Il ordonne, d'une voix exténuée, à peine audible :

— Faites voir vos bras, à présent. Je veux voir vos bras nus levés et croisés au-dessus de votre tête. Rappelez-vous, vous êtes vieille, très vieille...

Elle enlève sa veste de toile et lève ses bras nus au-dessus de sa tête. Ce sont bien les bras de Winnie tels que rêvés par le directeur de l'Emérillon. Il avale sa salive. Il soupire d'aise.

Le temps dure. Quelques secondes ? Quelques minutes ? Une vieille femme n'en finit pas de tenir ses vieux bras levés au-dessus de sa tête. Le directeur debout, immobile, à ses pieds, au premier rang de la salle, se délecte intensément du spectacle.

Quelques badauds se sont amassés dans la porte ouverte, interceptent la lumière du dehors, s'étonnent de la fraîcheur de la salle. Gilles Perrault tape dans ses mains. Flora Fontanges baisse les bras. Revient à elle lentement. Lazare, sortant du tombeau, a peut-être éprouvé cela, cette extrême lenteur de tout l'être qui doit réapprendre à vivre.

Elle remet sa veste comme si c'était la chose la plus difficile à faire au monde.

Le visage de sa fille choisit pour apparaître ce moment précis où Flora Fontanges, sans défense, semble s'extraire à grand-peine d'un tas de bois mort. Le voici, levé vers elle, enfantin et rose, ce petit visage perdu. Ces yeux noirs, humides, au blanc presque bleu. Elle a un geste de recul. Une réplique qui n'est pas de théâtre s'attarde en elle :

— Quelle idée de m'amener ma fille à un moment pareil. Je suis vidée, morte...

Elle répète tout haut :

— Je suis vidée, morte...

Les traits de Maud enfant s'effacent pour faire place à la silhouette voûtée du directeur de l'Emérillon.

— Étonnante ! Vous êtes étonnante !

Il a enlevé ses lunettes. Ses yeux bleus sont embués de larmes. Il ne voit plus à deux pas devant lui. Tandis qu'elle se met à sourire sans qu'il s'en rende très bien compte. Ce sourire qui la transfigure éloigne d'elle le rôle de Winnie, la rend pareille à une actrice qui salue légèrement, toute rayonnante, ayant échappé, une fois de plus, au danger de mort.

— C'est si beau de jouer !

Et elle ne connaît pas d'autres mots, n'en cherche pas d'autres pour exprimer sa plénitude et sa jouissance.

Elle a pris congé du directeur de l'Emérillon après qu'il lui eut rappelé la date du trois juillet pour la première lecture de *Oh ! les beaux jours*. Elle est libre jusqu'au trois juillet.

La voici qui erre dans les rues aux vieilles maisons restaurées. Elle met de côté le rôle de Winnie. Se lave de la vilaine figure et du corps ravagé de Winnie qui lui collent à la peau. A nouveau, elle n'est plus personne en particulier. Ni jeune ni vieille. Elle n'existe plus tout à fait. Si ce n'était de cette envie lancinante d'une douche fraîche et d'une boisson glacée.

Elle est seule au bord du fleuve dans la partie basse de la ville, là où tout a commencé il y a trois siècles. Cela ressemble à un décor de théâtre. Elle cherche un nom de rue qui est un nom de femme et dont lui a parlé Raphaël.

Barbe Abbadie, se répète-t-elle comme on appelle quelqu'un dans le noir. Elle cherche un nom de femme à habiter. Pour éclater de nouveau dans la lumière.

Elle cherche et ne trouve pas. Raphaël a dû se tromper.

— Je suis vidée, morte...

Sa fille Maud se montre à nouveau. Une raie médiane et de lourds cheveux noirs de chaque côté de ses joues rondes.

La voix de Maud dit que les nombres sont vivants. C'est une étudiante en mathématiques qui est fugueuse.

Flora Fontanges voudrait chasser l'image de sa fille. Demande grâce. Se cale dans sa fatigue. Supplie qu'on lui laisse le temps de se remettre du désespoir de Winnie. Est déjà en quête d'un autre rôle.

La chaleur humide et lourde colle ses vêtements sur son corps. Sa bouche est sèche comme si elle avait la fièvre.

Aucune des rues avoisinant la place Royale ne porte le nom de Barbe Abbadie. Raphaël a sans doute rêvé.

A partir d'un nom, à peine sorti du songe de Raphaël, Flora Fontanges ne peut-elle, à son tour, retrouver une créature vivante, nommée Barbe Abbadie, parée de son seul nom, comme d'une peau brillante, dans la nuit des temps ?

Tant de fois déjà, tout au long de sa carrière, elle s'est laissé prendre par des titres de pièces qui étaient des noms de femmes, alors qu'elle ne savait rien encore du texte à suivre. Des noms pour rêver et mûrir un rôle en secret, avant que les répliques ne surgissent, précises et nettes.

Hedda Gabler, Adrienne Lecouvreur, Marie Tudor, Yerma, Phèdre, Mlle Julie.

Un nom, rien qu'un nom, et ça existe déjà très fort en elle.

Barbe Abbadie, se répète-t-elle alors que brusquement le ciel devient tout noir.

On peut suivre les premières gouttes de pluie, lentes et espacées, une à une, comme des taches sombres sur les pierres des champs et les pierres à moellon des vieilles maisons qui bordent la place Royale.

Toute la patine de la vie sur les murs et sur les toits a été soigneusement grattée et essuyée. Voici des demeures d'autrefois, fraîches comme des jouets flambant neufs.

Le fleuve est là, grésillant de pluie contre les quais.

Bientôt des trombes d'eau noire s'abattent sur la ville.

C'est un café encombré de gens dégoulinants de pluie, aux cheveux plaqués, aux allures de noyés.

Raphaël a rejoint Flora Fontanges. Ils parlent de Barbe Abbadie. Ils se demandent ce que Barbe Abbadie a pu faire de bien pour qu'on lui donne une rue et ce qu'elle a pu faire de mal pour qu'on lui retire cette rue presque aussitôt. Ils décident d'un commun accord de l'âge de Barbe Abbadie, de son état civil, de sa vie et de sa mort.

Trente ans, un mari marchand, propriétaire de deux vaisseaux, et d'une grande boutique rue Sault-au-Matelot, quatre enfants, un cinquième qui doit naître bientôt, un livre de comptes parfaitement tenu, une boutique qui sent bon le drap, la soie, l'étamine et la toile. On parle d'aunes, de sols et de louis d'or dans la pénombre fraîche de la boutique. Barbe Abbadie règne sur la boutique et sur la maison. Ses jambes superbes font se mouvoir énergiquement, à chaque pas, tout un gréement de jupes et de jupons. Ses froufrous profonds se reconnaissent de loin. Saisies de crainte et de respect, les servantes et les demoiselles de magasin l'écoutent venir, de chambre en corridor et de corridor en escalier, tout au long du jour.

Tout en buvant son thé glacé, Flora Fontanges imagine les mains et les yeux de Barbe Abbadie. Des yeux bleu foncé, des mains douces et fortes. Elle tente de saisir Barbe Abbadie de face et de profil. Son petit nez, son menton rond. Elle cherche à découvrir le son de sa voix depuis longtemps avalé par l'air du temps. Flora Fontanges ne fait plus attention à Raphaël en face d'elle. Elle rêve de s'approprier le cœur desséché de Barbe Abbadie, de l'accrocher entre ses côtes, de le rendre vivant à nouveau, comme un cœur de surcroît, de lui faire pomper un sang vermeil à même sa propre poitrine.

Raphaël entre dans le jeu. Il dit qu'il faut bien situer l'époque à laquelle Barbe Abbadie a vécu. Pourquoi pas le milieu du dix-septième siècle, vers 1640, par exemple ?

Flora Fontanges pense à l'odeur de Barbe Abbadie qui devait être puissante à une époque où on ne se lavait pas beaucoup. Sous les bras et sous les jupes de Barbe Abbadie, son drapier de mari devait suffoquer d'extase sauvage.

Il faut l'habiller, cette femme, lui offrir de la toile fine et de la dentelle, des robes et des fichus, des coiffes et des bonnets et un trousseau de clefs complet avec la clef du sel et du vin, celle des draps et des serviettes, et la toute petite clef d'or de la cassette à bijoux.

Raphaël parle du musée, là, tout à côté, où l'on trouve plein d'objets et d'ustensiles ayant servi aux premiers habitants du pays. Dès que la pluie aura cessé, il faudra se mettre en quête du ménage perdu de Barbe Abbadie : un pilon à sel dans son mortier, un rouet pour filer la laine et peut-être même le trousseau de clefs qui donne accès à toute la vie de Barbe Abbadie.

Il s'agit de mettre la main sur la bonne clef, et Flora Fontanges s'approprie sur-le-champ l'âme et le corps de Barbe Abbadie. Elle en tire des paroles et des gestes, elle fait que Barbe Abbadie entend, voit, écoute, rit et pleure, mange et boit, fait l'amour tous les soirs, se roule de bonheur avec son mari dans des draps de toile bise.

Flora Fontanges devient toute triste. Elle entrevoit la fin de Barbe Abbadie, morte en couches en 1640, dans son grand lit de fête amoureuse, dans la chambre des maîtres, au premier étage d'une belle maison de pierre, 6, rue Sault-au-Matelot. Et voici que cette maison est pleine de cris de femme dans les douleurs et de pleurs d'enfant, tandis que gronde le sanglot rauque d'un homme qui croit avoir tout perdu.

Flora Fontanges rayonne de la vie et de la mort de Barbe Abbadie. Elle devient puissante, envahissante, au comble de sa présence. Brille de tout son feu. Se penche vers Raphaël, par-dessus la table.

C'est Flora Fontanges et ce n'est plus elle.

— Mon petit Raphaël, comme tu me regardes, comme tu m'écoutes. Je suis Barbe Abbadie et je te regarde aussi et je t'écoute. Quel âge as-tu, mon petit Raphaël ?

Il dit qu'il a tout juste vingt ans.

Flora Fontanges rit.

Il murmure :

— Vous êtes merveilleuse.

Il a un mouvement vif de tout le corps. Incline son visage sur la main de Flora Fontanges. Veut lui baiser la main. Un tout petit coup de poignet, à peine perceptible, et la main de Flora Fontanges se retourne, paume ouverte, douce et chaude sous la caresse de Raphaël.

Elle dit que ça s'appelle faire larirette, et que c'est toujours comme ça que l'amour commence entre Barbe Abbadie et son mari. Un tout petit baiser de rien du tout au creux de la main.

Elle rit.

— Rassure-toi, mon petit Raphaël, tout ça, c'est du théâtre.

Quelques gouttes de pluie traînent et s'étirent sur la vitre. Les conversations montent d'un cran dans le café, comme si tout le monde, délivré de l'occupation de regarder tomber la pluie, se mettait soudain à parler en même temps.

Flora Fontanges s'apaise, peu à peu, se retire en elle-même. Joue avec la courroie de son sac. Dit qu'elle veut rentrer. Raphaël se demande s'il n'a pas rêvé. C'est une femme ordinaire qui se tient devant lui et qui attend qu'il ait fini de boire son jus d'orange.

Il se remet à boire à petites gorgées. Oublie Barbe Abbadie. N'accepte que le présent. S'en contente et s'y plaît. La saveur acide et sucrée de l'orange. Il regarde là, devant lui sur la table, une grosse mouche qui a l'air d'affiler ses pattes sans fin.

Pendant l'orage, le jour a tellement baissé qu'il fait presque nuit à présent. Toute la lumière semble s'être réfugiée dans l'eau du fleuve qui irradie sa propre lueur avant que ne s'allument les lumières dans le port.

Inutile de tenter d'expliquer aux touristes américains pourquoi il y a tant de canons anachroniques braqués sur eux, un peu partout dans la ville. Raphaël parle des fortifications qu'on a mis cent ans à ériger et qui n'ont jamais servi. L'Histoire, depuis la conquête anglaise, est pleine de fausses alertes, et ça fait un beau désert des Tartares, un rivage des Syrtes merveilleux pour les soldats de la citadelle, perchés là-haut. En habits rouges, bonnets à poil sur la tête, ils gardent la beauté du paysage et surveillent le fleuve et les nuages, en attente d'une attaque fabuleuse qui tarde depuis deux siècles.

Raphaël, parfois, en guide scrupuleux, rappelle que la venue au monde de la ville n'a été qu'un malentendu, les fondateurs croyant être sur la voie de l'Orient et de ses richesses d'or et d'épices.

Son visage allongé, ses cheveux lissés de chaque côté de ses joues maigres, ses yeux enfoncés sous l'arcade sourcilière, il règne, grâce à des pouvoirs obscurs, sur un groupe de quatre garçons et de quatre filles. Depuis qu'Éric a quitté les ordres, tous ses soins, dans ce bas monde, consistent à chercher une morale laïque qui le contente et lui apporte la paix du cœur.

Il s'est juré de recommencer à zéro comme s'il n'avait jamais vécu. *Tordre le cou à l'éloquence* semble être devenu le principal souci de cet ancien frère prêcheur. Une seule chose est nécessaire, se répète-t-il. Il suffirait de la découvrir, cette nécessité première, et tout le reste s'organiserait comme une planète qui s'enroule autour de son noyau de feu. Il croit avoir mis de côté tout principe et toutes manières anciennes. Il s'imagine respirer comme un nouveau-né dans le neuf absolu. Il conserve pourtant une charité surannée qui le dépasse et l'entraîne là où il ne voudrait pas aller. Il croit que la vertu suprême, c'est d'être détaché de tout quoi qu'il arrive, mais la compassion chez lui demeure agissante et ne le laisse pas en repos. Il n'a dit à personne « suis-moi et sois parfait comme mon père céleste est parfait » et pourtant ils viennent à sa suite et n'ont de cesse qu'il ne leur dise comment faire pour devenir doux et humble de cœur. Il n'a fait que leur parler de la paix sans frontière et de l'arbitraire de tout pouvoir. Sa voix rauque bute parfois sur des mots qu'il ravale en désordre. Ils l'écoutent et le suivent dans ses moindres balbutiements tant l'envoûtement qu'ils subissent est profond, et pressant leur désir de loi nouvelle. Où est la vie ? se demandent-ils, depuis quelque temps, lassés de l'intolérance politique dans laquelle leurs parents les avaient élevés. La ville aux seuls descendants des fondateurs scandait des centaines de voix, alors que leur cœur s'interrogeait déjà en secret sur l'honneur de vivre sur la terre entière, déployée à perte de vue, ouverte et donnée, sans guerre ni violence. Quel rêve est-ce là ? se répétaient-ils les uns aux autres. Pour suivre Éric, ils ont quitté père et mère, maison, études et toute certitude d'être dans le droit et unique chemin de ce monde. Ils se sont mis à tâtonner et à chercher la paix de toutes leurs forces. Parfois Éric paraissait les précéder sur la voie, parfois il était très las, allant jusqu'à remettre en question toute raison de vivre.

Depuis un an, ils se partagent un trois-pièces-cuisine rue Mont-Carmel.

Ils ont mis en commun tout ce qu'ils possédaient, livres, économies, jeans et T-shirts, tournesol et millet, et jusqu'à leur corps léger, changeant allégrement de partenaires amoureux, selon le désir de l'instant.

Éric aime à répéter que les amours particulières, les passions possessives, les jalousies ravageuses et toute relation duelle devraient disparaître de la cité de paix dont ils rêvent.

Une voix de fille suraiguë, sous une masse sombre de cheveux frisés, assure que Maud et Raphaël se sont mis à tricher très vite et à coucher ensemble tous les soirs.

Ils sont tous là, les copains, les copines de Maud et de Raphaël, sur des coussins par terre ou à même le vieux parquet vitrifié et noirci. Ils décortiquent minutieusement des graines de tournesol qu'ils picorent dans le creux de leurs mains.

Ils ont offert une chaise de cuisine à Flora Fontanges. Elle a préféré être avec eux par terre, s'appuyant sur la chaise comme sur un dossier, un peu à l'écart, contre le mur.

Ils se remettent à parler entre eux, à voix basse et nasillarde, des pluies acides et des brouillards acides qui sont pires que les pluies, puis se taisent à nouveau, subitement, comme ayant épuisé tout désir et toute raison de parole.

La voix de la fille, sous une masse sombre de cheveux frisés, s'élève à nouveau, s'adresse à Flora Fontanges :

— C'est moi qui ai trouvé Maud. C'était à l'aéroport de Lorette. Elle était là depuis trois jours, la nuit sur un banc, dans son sac de couchage, le jour, comme un fantôme, errant par-ci par-là, dans l'aéroport. Elle m'a demandé du feu. Elle fumait des Gauloises. Elle m'a raconté qu'elle ne pouvait plus rester là à cause de la police qui insistait pour la faire circuler. Je l'ai emmenée rue Mont-Carmel. Elle avait un accent français.

Raphaël raconte comme s'il voyait Maud devant lui et ne cessait pas de s'étonner de la trouver là :

— C'était l'heure du souper. On s'est tassés pour lui faire place. On s'est tous arrêtés de manger pour la regarder manger. On aurait dit un chien affamé. Son bras gauche entourait son assiette sur la table comme pour la protéger des voleurs. On n'avait jamais vu ça, une faim pareille. Elle faisait toutes sortes de bruits avec sa bouche, ses dents et sa gorge. On était soufflés. Quand elle a eu fini, elle a repoussé son assiette et s'est mise à pleurer et à trembler de froid.

De nouveau, la fille avec la voix stridente :

— On a tous essayé de la consoler et de la réchauffer avec des chandails, des écharpes, des gros becs, mais c'est Raphaël qui l'a mise dans son lit, sous sa couverture de laine, et qui lui a offert sa veste de pyjama pour dormir.

— Je l'ai gardée trois nuits dans mon lit. La première nuit, elle s'est pelotonnée contre le mur et tout son corps était secoué de sanglots. La seconde nuit, elle a dormi très paisiblement, sa hanche me frôlant lorsqu'elle se retournait. La troisième nuit, elle a mis ses bras autour de mon cou, elle a pleuré encore un peu et elle m'a embrassé dans le cou.

Céleste enchaîne d'un air bougon, comme si la conduite de Maud la plongeait encore dans la réprobation la plus profonde :

— La quatrième nuit, je lui ai fait remarquer que Raphaël n'était pas le seul garçon disponible ici. Elle n'a pas fait de manières pour quitter le lit de Raphaël. Elle a choisi très vite un autre garçon parmi ceux-là qui la regardaient et qui étaient regardés par elle. Elle a dit « François » en le montrant du doigt, et lui n'était pas rassuré du tout parce qu'il ne savait pas comment faire avec elle qui l'avait choisi d'une façon aussi légère, comme si ça n'avait pas d'importance. Mais, la nuit suivante, elle est retournée bien vite dans le lit de Raphaël.

Éric dit que la commune a été un grand rêve dans sa tête avant de se réaliser rue Mont-Carmel.

Céleste fait remarquer que Raphaël et Maud ont bien failli faire éclater la commune. Un beau soir, ils sont partis tous les deux pour vivre ensemble en couple, comme papa-maman autrefois, dans la nuit des temps.

Céleste rit, répète que c'est minable et rétrograde en Christ et que ça n'a pas d'allure.

Bientôt, Céleste avoue qu'elle adore se trimbaler partout avec son sac de couchage sur le dos, trouver un endroit pour dormir étant son problème quotidien, mais qu'elle ne revient rue Mont-Carmel que lorsqu'elle ne peut faire autrement. Elle montre du doigt les deux garçons silencieux qui se tiennent près d'Éric, comme des acolytes effacés, et dit que ça manque de choix, depuis le départ de Raphaël.

Flora Fontanges a déjà commencé à regarder les coupures de journaux, plus ou moins jaunies, épinglées au mur de la petite chambre donnant sur la cuisine.

Avis de recherche. Maud, grande, mince, teint clair, cheveux longs noirs, 13 ans, avis de recherche, aucun reproche ne lui sera fait, sa mère pleure, 15 ans, 17 ans, 18 ans, aucun reproche, sa mère supplie, cheveux longs noirs, teint clair, c'est une fugueuse. Rien à comprendre. Elle fugue. C'est plus fort qu'elle.

Mlle Julie, visage maquillé, perruque blonde frisée, col baleiné, manches à gigot. Ah ! que l'affiche est jolie et que Flora Fontanges, avec ses peines et ses chagrins, disparaît bien sous les traits de Julie se disputant avec son valet.

Phèdre, longue tunique blanche aux plis rigides de statue grecque, faux cils et ombres bleues, une main sur la poitrine éprouvant la brûlure de ce cœur qui n'aurait jamais dû naître.

« *The show must go on.* » Voici la fragile héroïne de *la Ménagerie de verre*, émouvante, comme brisée, nous serre le cœur, des vraies larmes, tout est vrai, mal au ventre, envie de vomir. Attendre la fin de l'acte. Revient saluer. Six rappels. Resplendit à travers ses larmes. Sa vraie fille a disparu depuis trois jours.

La roue tourne. Tout recommence. Cette femme qu'on croyait retirée du monde reprend l'affiche. Flora Fontanges, de retour dans sa ville natale, interprétera le rôle de Winnie dans *Oh ! les beaux jours* de Samuel Beckett. La photo est ressemblante quoique ancienne et trop fardée, lèvres foncées, sourcils fins épilés, front dégagé, cheveux en larges vagues roulant sur ses épaules, cette femme est d'une autre époque. C'est Raphaël qui a découpé cette photo dans le journal et l'a posée au mur.

Il explique que c'est Maud elle-même qui a épinglé les autres coupures de journaux. Il n'a fait qu'ajouter un dernier avis de recherche, écrit de sa main et jamais publié, pour boucler la boucle, tout de suite après la photo de Flora Fontanges annonçant *Oh ! les beaux jours.*

Maud, vingt ans, jean délavé, T-shirt blanc, veste bleu marine, baskets rouges, cheveux longs, noirs...

Flora Fontanges remarque que les avis de recherche et les affiches de premières théâtrales alternent en bon ordre sur le mur, tout comme si leur dépendance était évidente. De là à croire que Maud disparaît dans le noir chaque fois que sa mère monte à nouveau sur une scène, en pleine lumière, face au public qui l'acclame...

Elle pense : quel gâchis ! Elle met les mains sur son visage.

Dans la pièce à côté, la voix trébuchante d'Éric répète que l'idée d'une grande fusion fraternelle le hante depuis toujours.

Un jour, il y a très longtemps, elle venait à peine d'arriver chez les Eventurel, c'était l'hiver, rue Bourlamaque, elle a été saisie par une idée surprenante qui, en se prolongeant, risquait de la jeter dans le désespoir. N'être que soi toute la vie, sans jamais pouvoir changer, être Pierrette Paul toujours, sans s'échapper jamais, enfermée dans la même peau, rivée au même cœur, sans espérance de changement, comme ça, tout doucement jusqu'à la vieillesse et la mort. C'était comme si elle ne pouvait plus bouger, les deux pieds enfoncés dans la neige. Sa respiration faisait une petite fumée toute frisée, dans l'air froid.

Des gens passaient sur le trottoir, à côté d'elle, marchant vite, la figure rougie.

Une grande curiosité la prenait au sujet de ces gens qu'elle ne connaissait pas, une étrange attirance. Comment faire pour se mettre vraiment à leur place, comprendre ce qui se passe dans leur tête, dans le plus secret de leur vie ? Tout à coup, elle avait envie très fort de devenir quelqu'un d'autre, un de ces passants qui marche dans la neige, par exemple. Son désir le plus profond était d'habiter ailleurs qu'en elle-même, une minute, rien qu'une toute petite minute, voir comment ça se passe dans une autre tête que la sienne, un autre corps, s'incarner à nouveau, savoir comment c'est ailleurs, quelle peine, quelle joie nouvelles, essayer une autre peau que la sienne comme on essaie des gants dans un magasin, ne plus gruger sans cesse le même os de sa vie unique, mais se nourrir de substances étranges et dépaysantes.

Éclater en dix, cent, mille fragments vivaces ; être dix, cent, mille personnes nouvelles et vivaces. Aller de l'une à l'autre, non pas légèrement comme on change de robe, mais habiter profondément un autre être avec ce que cela suppose de connaissance, de compassion, d'enracinement, d'effort d'adaptation et de redoutable mystère étranger.

Elle est debout, immobile, en face de l'appartement de M. et Mme Eventurel qui viennent de l'adopter. Elle relève à peine d'une grave scarlatine. Elle ne bouge pas, gèle sur pied à moitié enfoncée dans la neige, pétrifiée à la pensée de ne jamais pouvoir sortir de soi.

Cela se passe bien avant la rue Plessis. Rue Bourlamaque.

Elle ne sait pas encore qu'un jour elle deviendra actrice et fera éclater son cœur en cent morceaux brillants comme des soleils.

Le ciel gris si bas qu'on pourrait le toucher du doigt, au bord de l'horizon. C'est une petite fille emmitouflée comme un poussah, dans la neige, au crépuscule, debout devant la porte du 101, rue Bourlamaque. C'est l'heure d'hiver, triste entre toutes. La brunante. Entre chien et loup. Avant la nuit. Alors que le jour est déjà retiré. La lumière blafarde de la neige, à perte de vue, comme une lanterne sourde. Ce peu de jour au ras du sol respire son souffle froid à moitié avalé par la neige.

Elle rêve d'avoir accès au soleil et à la nuit, de connaître le cours de la lumière au risque de s'y brûler.

Quelqu'un l'appelle par la fenêtre, à peine entrebâillée à cause du froid. On la nomme Marie Eventurel. C'est un nom nouveau, sorti tout droit de l'imagination d'un vieux couple stérile, en mal d'enfant. Elle n'a plus qu'à répondre à ce nom qu'on lui donne et à dire voilà, c'est moi, je m'appelle Marie Eventurel, je ferai tout ce que vous me direz de faire et je serai telle que vous me voulez, comme il vous plaira, jusqu'à ce que mon désir d'être une autre me reprenne, me pousse et me tire loin de vous et de la ville, au-delà des mers, là où je serai actrice, dans les vieux pays.

Un jour viendra où elle choisira son propre nom, et ce sera le nom secret, caché dans son cœur, depuis la nuit des temps, le seul et l'unique qui la désignera entre tous et lui permettra toutes les métamorphoses nécessaires à sa vie.

Si on n'y prend garde, cette enfant risque de geler sur place. Flora Fontanges ne peut rien pour cette petite fille dans la neige. Si ce n'est de prendre à son compte l'onglée qui la brûlera aux pieds et aux mains dès qu'elle rentrera dans l'appartement surchauffé des Eventurel.

Pour peu que ça dure, Flora Fontanges risque de retrouver Mme Eventurel elle-même, son petit chapeau de velours noir, sa voilette, son dos droit, sa lenteur solennelle, tandis que s'ouvrira sous ses pas l'appartement de la rue Bourlamaque avec ses petites chambres sombres et son long corridor.

C'est ici que tout a commencé de sa vie avec M. et Mme Eventurel.

— Allons-nous-en, Raphaël, allons-nous-en !

Tout se délabre, la maison de briques noircies, les escaliers extérieurs en bois et surtout l'ouverture béante du sous-sol, creusée plus bas que le niveau de la rue, trou d'ombre où se cache sans doute le fantôme de M. Eventurel dans son habit gris fer à rayures blanches, infiniment digne, malgré la dèche et les saisies.

Flora Fontanges n'a plus rien à faire rue Bourlamaque, presse le pas et tire Raphaël par le bras.

Parfois une sorte d'attente fiévreuse pointe sur le visage de Raphaël, tandis qu'il la regarde, ne sachant plus tout à coup ce qu'il est en train de dire, pris au dépourvu, attendant qu'elle fasse elle-même les questions et les réponses. Soudain, il espère tout d'elle. La révélation absolue. N'est-elle pas une femme dans sa plénitude, une créature accomplie pour qui l'amour et le mal d'amour n'ont plus de secret ?

La beauté de Raphaël, son enfance intacte et profonde, cet air enchanté qu'il a lorsqu'il récite un poème.

Je suis un enfant merveilleux à bercer.

Ils sont seuls tous les deux dans l'appartement d'Éric. Elle, sur la chaise qui lui est destinée ; lui, qui s'agenouille à ses pieds. Il enfouit son visage dans les plis de la jupe de Flora Fontanges, se plaint d'être seul à mourir, depuis que Maud est partie.

Elle prend dans ses mains la tête de Raphaël, effleure doucement de ses longs doigts maigres le front, les paupières douces, la fine arête du nez, la bouche humide, les joues lisses où perce une barbe jeune et forte qui étonne.

Un instant, il ferme les yeux entre les mains de Flora Fontanges, pareil à un chat qui s'abandonne. Puis se relève d'un bond. Parle d'une voix suppliante :

— Madame Fontanges, je vous en prie, consolez-moi mieux que ça, comme une vraie femme qui ne craint ni Dieu ni diable. Comme une vraie mère qui n'en finit pas de mettre au monde et de pardonner à mesure. Emmenez-moi avec vous, ce soir, à l'hôtel, je vous en prie. Je ne veux pas dormir tout seul et je ne veux pas de Céleste dans mon lit.

Flora Fontanges dit qu'elle ne craint ni Dieu ni diable et qu'elle n'est pas sûre d'avoir jamais été une vraie mère. Seules les rues de la ville lui font peur et peut-être aussi les chagrins des autres quand elle ne peut rien faire pour les consoler.

— Vous êtes dure, madame Fontanges, mais je puis très bien me passer de vous, vous savez...

— Tant pis pour toi, mon petit Raphaël, et tant pis pour moi.

Ils ont marché ensemble dans la nuit d'été, par les rues bruissantes de vie et d'odeurs. Il s'est mis à regarder très vite autour de lui, à remarquer toutes sortes de choses amusantes et légères dans la ville, de sorte qu'en arrivant à l'hôtel, rue Sainte-Anne, il paraissait tout à fait réconforté et joyeux.

Il est tombé endormi presque tout de suite, tout habillé, sur un des lits jumeaux, tandis que Flora Fontanges montait la garde auprès de lui, dans le noir, comme on veille un enfant malade.

Les traits bien dessinés de Raphaël persistent dans la chambre, toute lumière éteinte, les doigts de Flora Fontanges en conservent la mémoire, à la façon des aveugles.

Elle n'aime pas être regardée par le metteur en scène. L'œil bleu de Gilles Perrault, à travers ses petites lunettes rondes, ne cesse de chercher sur elle la ressemblance parfaite avec une vieille chouette. En réalité, cet homme, d'apparence anodine et fanée, est un chasseur féroce à l'affût de tout ce qui griffe, mord, abîme, délabre l'âme et le corps de Flora Fontanges. Depuis le temps qu'il rêve d'une Winnie décharnée, ligotée sur son tas de sable, étouffée lentement, grain à grain, face au public qui se pâme. Petite corrida pour une vieille femme qui n'en finit pas de mourir.

Il insiste pour que Flora Fontanges fasse un régime, bien qu'elle soit déjà très mince et longue. Il se frotte les mains. Il attendra le temps qu'il faut pour que la déchéance de Flora Fontanges s'accomplisse. Il la désire cassante comme du verre, grièvement blessée, entièrement soumise à la vieillesse et à la mort. Il lui accorde un dernier délai avant la première lecture. Il n'est plus question que du quinze juillet à présent. De nouveau, il la regarde sous le nez. Insistance forcenée de myope. Il fait craquer les jointures de ses doigts. Ravale sa salive.

Flora Fontanges se promet de ne pas toucher au texte de *Oh ! les beaux jours* d'ici le quinze juillet. Jouir de sa liberté dérisoire jusqu'au quinze juillet. La première lecture à voix haute sera vierge pour elle. Il lui faudra sans doute bafouiller, face à son partenaire, et tâtonner dans le noir de son âme pour chercher l'âme fuyante de Winnie. D'ici là, elle laissera Raphaël, Éric ou

Céleste, lui tenir compagnie, toute leur jeunesse rayonnante autour d'elle, en guise de fête.

Il sera toujours temps pour Flora Fontanges de rendre l'esprit sur la scène, une fois de plus, jusqu'à ce que mort s'ensuive.

Éric dit des choses étranges. La parole sur ses lèvres se presse, se bouscule, s'entrechoque, s'escamote, éclate, tandis que le silence tombe par instants, s'étale, brutal et net. On pourrait croire que d'autres voix que la sienne cherchent une issue sur sa langue et dans sa bouche. Il est encombré de voix sauvages. Il ne sait jamais tout à fait qui s'exprime par sa bouche. Par moments, il croit être seul en lui-même. Un instant, il respire et s'apaise. Puis tout recommence. Éric est hanté par les vivants et les morts. Toute la ville, à commencer par ses plus proches parents, semble l'avoir choisi comme porte-parole. Des voix réclament l'amour absolu, d'autres l'argent pur et simple, toutes se plaignent des biens de la terre qui sont insuffisants quoique de belle apparence, une voix brisée entre toutes parle de la promesse jamais tenue de la vie éternelle. C'est sœur Eulalie-de-Dieu qui parle ainsi, du fond de la mort, petite cousine d'Éric, morte à vingt-trois ans, à l'Hôtel-Dieu.

Il penche la tête sur sa poitrine, ses cheveux viennent de chaque côté, se plaquent incroyablement lisses, lui donnent l'air d'un noyé. Il dit qu'il faut remonter à la source du monde, retrouver la fraternité première avec les plantes et les animaux, ne plus croire à la séparation orgueilleuse de l'homme et de la femme d'avec le reste de la création.

— Tout le mal vient de l'invention prétentieuse de l'âme, réservée à l'être humain. Ou elle n'existe pas du tout, cette âme mystérieuse, ou elle s'incarne partout, plus ou moins rudimentaire ou complexe, selon les corps, les jolis corps de la terre. C'est le même souffle de vie, la même énergie qui fait bouger la feuille au vent, la petite crevette rose, le chat sensible et nerveux, et l'homme et la femme, penchés sur le mystère de la vie.

Éric entend des bribes de conversations. Les mots quotidiens de ses parents lui reviennent, à la fois âpres et dérisoires. Spéculations, marchés, immeubles, vente, achat... Éric a refusé l'héritage de ses parents morts dans un accident de voiture. Il a fait vœu de pauvreté dans le secret de son cœur. Il s'agite, bafouille, parle des bureaux d'affaires et des banques qui sont des lieux de perdition.

L'incohérence d'Éric ne gêne personne, un fil obscur semble lier ses paroles confuses entre elles, à la racine même de son être. Éric s'interroge sur les habitants de la ville avec la même obstination que ses parents surveillant les fluctuations du marché immobilier. Les vivants et les morts continuent de crier en lui avec des voix toutes cassées.

— Si je parviens à signer ce contrat, je serai folle de joie et je serai sauvée, une fois de plus !

Les dernières paroles de sa mère, qu'est-ce qu'il peut bien en faire ? S'il est vrai qu'elle n'a pas eu le temps de signer le contrat espéré, a-t-elle pu apercevoir, dans un éclair, la face aveugle de son salut, avant que la mort ne lui brûle les yeux ? Et de quel salut peut-il être question lorsque le corps n'existe plus, torche vive, sous la ferraille d'une voiture qui flambe ?

Éric ne cesse de répéter que la seule bonne pauvreté est volontaire, l'autre, celle que l'on subit et qui est imposée, n'est que crime et destruction. Il lui arrive parfois, devant ses amis assemblés, de dénoncer l'état de pauvreté de la petite Claire Lagueux, demeurée toute tordue, n'ayant jamais pu dormir dans un vrai lit à sa taille, mais dans une caisse de bois blanc, posée sur le plancher de la cuisine, jusqu'à l'âge de cinq ans.

L'idée d'Éric est que la connaissance et le savoir doivent d'abord passer par le corps. Il n'a que pitié pour ces étudiants qui vivent enfermés dans des bulles. L'abstrait du monde étant leur seule demeure.

— Je vous ai choisis et vous m'avez choisi. Ensemble nous posséderons la terre.

Tous ces garçons et ces filles l'entourent et s'exercent à la patience des travaux manuels, demeurent à l'écoute de leurs cinq sens, cultivés comme des merveilles. Savoir ce que font le chaud et le froid, apprendre le sec et le mouillé, l'amer et le salé, le lisse et le raboteux, connaître l'effort des muscles qui soulèvent et portent le poids des choses, respirer l'odeur de la ville, saisir le passage de la lumière sur le fleuve, communiquer directement avec la terre, n'avoir ni voiture ni moto, parcourir la ville, pas à pas, au rythme de son cœur, apprendre la terre avec tout son corps, comme un petit enfant qui découvre le monde.

Ils s'y sont mis avec courage, abandonnant l'argent des parents et souvent leurs études qui dépendent de l'argent. Parfois, le soir, avant de sombrer dans un lourd sommeil, ils écoutent leur corps endolori vibrer de toute l'expérience du jour accumulée. Cela fait comme une chanson âcre et rude, le corps tout entier livre ses secrets que le cœur entend distinctement dans la nuit.

Recouvrer la pauvreté originelle, la fraîcheur première de toute sensation, sans réminiscence ni aucune référence connue. Le goût du monde à sa naissance. Quel rêve est-ce là qui fait vivre Éric dans sa douce folie ?

Ils lavent des piles d'assiettes dans des cuisines de restaurant, épluchent des tonnes de pommes de terre, conduisent des chevaux et des calèches bourrées de touristes grignoteurs de chips et de pop-corn, cueillent des fraises à l'île d'Orléans et des pêches au bord du Niagara, déposent leurs sous dans la cagnotte préparée à cet effet, et se nourrissent comme des écureuils.

Céleste et Raphaël s'échappent parfois, le temps d'un bon repas au restaurant dont ils s'entretiennent par la suite, avec délectation, après avoir remboursé la caisse commune.

Éric appuie son visage sur la vitre luisante de pluie. Toute la ville est là, à moitié cachée dans ses vieux ormes malades, quelques gratte-ciel émergent de la masse serrée des maisons. Éric écoute le chant de la pluie comme s'il entendait une quantité de petites voix qui lui parlent de la ville, en secret, dans la nuit.

Rues, ruelles, places publiques, Raphaël s'est mis à éplucher la ville de toutes ses vies, siècle après siècle, comme on décolle des couches de papier peint sur un mur. Travail d'historien, pense-t-il, ne voulant pas ressembler à Éric, dans sa nostalgie du paradis perdu.

Raphaël désire que Flora Fontanges l'accompagne dans ses recherches.

— Je réveillerai le temps passé. J'en sortirai des personnages encore vivants, enfouis sous les décombres. Je vous les donnerai à voir et à entendre. J'écrirai des pièces historiques pour vous. Vous jouerez tous les rôles de femme et vous serez passionnante comme jamais. Vous verrez.

Ils parcourent la ville de haut en bas et de bas en haut, suivent les irrégularités du cap en étages successifs, de la Citadelle aux Foulons.

Il n'y a que des côtes, ici. Des générations de chevaux s'y sont cassé les reins. Les filles ont des mollets de danseuse. Le cœur s'essouffle. Côte du Palais, côte de la Montange, côte de la Fabrique, côte de la Négresse, côte à Coton, Sainte-Ursule, Sainte-Angèle, Stanislas, Lachevrotière, Saint-Augustin...

Longtemps, ces noms abrupts ont hanté Flora Fontanges, dans un tohu-bohu étrange, l'atteignant comme ça à l'improviste, dans des pays étrangers là où elle était actrice, quelquefois le soir rentrant à l'hôtel, après la représentation, ou parfois au restaurant, en plein repas, avec toute la troupe autour de la table, après plusieurs bouteilles, lorsqu'on portait un dernier toast en l'honneur de qui n'avait pas de nom, soudain à court d'imagination, ne trouvant plus personne en l'honneur de qui trinquer, Flora Fontanges levait son verre. Salut, disait-elle, côte à Coton, des Grisons, Stanislas ou Sainte-Ursule, et personne ne pouvait savoir de qui elle voulait parler.

— Le plus merveilleux, dit Raphaël, c'est que, si on se retourne, après avoir grimpé, on peut voir la montagne, au loin, et le grand ciel qu'il y a dans la vallée.

Il y eut mille jours et il y eut mille nuits, et c'était la forêt, encore mille jours et mille nuits, et c'était toujours la forêt, de grands pans de pins et de chênes dévalaient le cap, jusqu'au fleuve, et la montagne était derrière, basse et trapue, une des plus vieilles montagnes du globe, couverte d'arbres aussi. On n'en finissait pas d'accumuler les jours et les nuits dans la sauvagerie de la terre.

— Il suffit d'être attentif, dit Raphaël, et on peut sentir sur sa nuque, sur ses épaules, la fraîcheur extraordinaire des arbres innombrables, tandis qu'une rumeur, à la fois sourde et criarde, monte de la forêt, profonde comme la mer. La terre sous nos pieds est molle et sableuse, pleine de mousse et de feuilles mortes.

Est-ce donc si difficile de faire un jardin, en pleine forêt, et de l'entourer d'une palissade comme un trésor ? Le premier homme s'appelait Louis Hébert et la première femme, Marie Rollet. Ils ont semé le premier jardin avec des graines qui venaient de France. Ils ont dessiné le jardin d'après cette idée de jardin, ce souvenir de jardin, dans leur tête, et ça ressemblait à s'y méprendre à un jardin de France, jeté dans la forêt du Nouveau Monde. Des carottes, des salades, des poireaux, des choux bien alignés, en rangs serrés, tirés au cordeau, parmi la sauvagerie de la terre tout alentour. Quand le pommier, ramené d'Acadie par M. de Mons, et transplanté, a enfin donné ses fruits, c'est devenu le premier de tous les jardins du monde, avec Adam et Ève devant le pommier. Toute l'histoire du monde s'est mise à recommencer à cause d'un homme et d'une femme plantés en terre nouvelle.

Une nuit, ne pouvant dormir à cause des moustiques, ils sont sortis tous les deux. Ils ont regardé la nuit et l'ombre du cap Diamant qui est plus noire que la nuit. Ils voient que ce n'est plus le même ciel. Jusqu'au ciel qui est changé avec l'ordre de ses étoiles et de ses signes familiers. Où sont la Grande Ourse et le Grand Chien et le Petit Chien, Bételgeuse et la Chèvre ? Le ciel au-dessus de leur tête est transformé comme la terre sous leurs pieds. En haut, en bas, le monde n'est plus le même à cause de la distance qui est entre ce monde-ci et l'autre qui était le leur et qui ne sera plus jamais le leur. La vie ne sera jamais plus la même. Voici, dans la nuit, la vie nouvelle, avec son haleine rude, son air cru jamais respiré. Ils sont avec elle, pris en elle, comme des petits poissons dans une eau noire.

Les enfants et les petits-enfants, à leur tour, ont refait des jardins, à l'image du premier jardin, se servant de graines issues de la terre nouvelle. Peu à peu, à mesure que les générations passaient, l'image mère s'est effacée dans les mémoires. Ils ont arrangé les jardins à leur idée et à l'idée du pays auquel ils ressemblaient de plus en plus. Ils ont fait de même pour les églises et les maisons de ville et de campagne. Le secret des églises et des maisons s'est perdu en cours de route. Ils se sont mis à cafouiller en construisant les maisons de Dieu et leurs propres demeures. Les Anglais sont venus, les Écossais et les Irlandais. Ils avaient des idées et des images bien à eux pour bâtir des maisons, des magasins, des rues et des places, tandis que l'espace des jardins reculait vers la campagne. La ville se dessinait, de plus en plus nette et précise, avec ses rues de terre battue montant et descendant le cap à qui mieux mieux.

Flora Fontanges est saisie par ce commencement des temps qu'il y eut dans la ville et dont lui parle Raphaël. Il s'anime. Il croit que la vie ancienne est à rattraper dans toute sa fraîcheur, grâce à l'Histoire. Elle dit que le temps retrouvé, c'est du théâtre, et qu'elle est prête à jouer Marie Rollet sur-le-champ.

— Une coiffe d'île de France sur la tête, un tablier de coutil bleu à bavette, de la terre sous les ongles, à cause du jardin, et voilà Ève qui vient d'arriver avec Adam qui est apothicaire du Roi. Adam, c'est toi, mon petit Raphaël.

Elle rit. Elle ferme les yeux. C'est une actrice qui s'invente un rôle. Le passage se fait de sa vie d'aujourd'hui à une vie d'autrefois. Elle s'approprie le cœur, les reins, les mains de Marie Rollet. Cherche la lumière de son regard. Elle ouvre les yeux. Sourit à Raphaël.

— Suis-je bien ressemblante, mon petit Raphaël ?

Il affirme que la création du monde est très proche ici et qu'on peut remonter facilement jusqu'aux premiers jours de la terre.

Elle fait mine de rajuster une coiffe imaginaire sur ses cheveux courts. Elle est transfigurée, de la tête aux pieds. A la fois rajeunie et plus lourde. Chargée d'une mission mystérieuse. Elle est la mère du pays. Un instant. Un tout petit instant. Avant de déclarer :

— Tout ça, c'est du mimétisme. Je suis un caméléon, mon petit Raphaël, et ça me fatigue énormément.

Soudain, elle est sans éclat comme quelqu'un qui reprend pied dans la vie de tous les jours. Elle veut rentrer. Répète qu'elle est très fatiguée. C'est une femme ordinaire qui se promène, tout feu éteint, au bras de son fils, dans les rues de la ville.

Le soir, à la veillée, Céleste a pris un air offensé pour déclarer que toute cette histoire inventée par Raphaël et Flora Fontanges au sujet des fondateurs de la ville était fausse et tendancieuse.

— Le premier homme et la première femme de ce pays avaient le teint cuivré et des plumes dans les cheveux. Quant au premier jardin, il n'avait ni queue ni tête, il y poussait en vrac du blé d'Inde et des patates. Le premier regard humain posé sur le monde, c'était un regard d'Amérindien, et c'est ainsi qu'il a vu venir les Blancs sur le fleuve, sur de grands bateaux, gréés de voiles blanches et bourrés de fusils, de canons, d'eau bénite et d'eau-de-vie.

Longtemps, Flora Fontanges a été une voleuse d'âme, dans les hôpitaux, dans les asiles, dans la rue, dans les salons, dans les coulisses, à l'affût des mourants et des bien-portants, des innocents et des fous, des gens ordinaires et des autres qui sont pleins de prétentions, de ceux qui sont masqués et de ceux qui avancent à découvert, le visage nu comme la main, de ceux qui sont sans amour et des autres qui rayonnent de passion débordante, comme des ostensoirs.

Elle leur prend leurs gestes et leurs tics, leur façon de pencher la tête et de baisser les yeux, elle se nourrit de leur sang et de leurs larmes. Elle apprend à vivre et à mourir. Elle a des modèles vivants et de grands morts étendus sur leur lit d'hôpital. Combien de temps a-t-elle passé au chevet des mourants, épiant leur dernier souffle, ce moment suprême où les traits se figent et blanchissent d'un coup, comme de vieux os ? Elle a tenu le petit miroir contre des bouches agonisantes, croyant voir passer l'âme dans une buée, désirant s'emparer de cette âme volatile pour s'en faire une vie de surcroît, désirant s'en servir, ce soir même, pour jouer *la Dame aux camélias*.

Pour ce qui est de Raphaël, peut-être n'a-t-il pas d'âme du tout ? Elle n'arrive à saisir de lui que son étrange beauté, parfaitement animale et déconcertante. Est-il possible qu'il soit sans mystère, ni repli de songe, comme une eau lisse ? Flora Fontanges, qui est une voleuse, n'a rien à voler ici. Raphaël lui échappe comme l'innocence.

Cette nuit-là, Flora Fontanges eut un rêve. Sa fille Maud lui apparut, ses longs cheveux noirs fraîchement peignés encadrant son visage, coulant sur ses épaules et sa poitrine, glissant de sa taille jusqu'à ses hanches. Maud parlait à bouche fermée, sans que ses lèvres bougent et sans qu'aucune ligne ne se déplace sur son visage très blanc. La voix de Maud se faisait entendre comme de très loin, derrière un mur glacé. Elle affirmait que Raphaël avait un nom d'archange et des dents de loup. C'est à ce moment que le sourire éclatant de Raphaël a pris toute la place dans le songe de Flora Fontanges, effaçant l'image de Maud, d'un seul coup. Ce sourire, pareil au sourire du chat du Cheshire, flottait dans l'air immobile, tandis que le visage et le corps de Raphaël demeuraient cachés. Peu à peu, le sourire de Raphaël a disparu, tel un dessin que l'on gomme. Il s'est mis à faire très noir et très froid dans le rêve de Flora Fontanges.

On monte et on descend dans la ville, on voit la montagne et on ne la voit plus. Le tracé des rues est imprévisible. Sa vie d'avant et sa vie de maintenant également à l'affût de tout ce qui passe, comme une petite bête sauvage qui guette sa proie. Flora Fontanges écoute les histoires de Raphaël, en tire des personnages et des rôles. Elle voit parfois distinctement devant elle les femmes évoquées par Raphaël, dans leurs atours du temps passé. Elle leur souffle dans les narines une haleine de vie et se met à exister fortement à leur place. S'enchante de ce pouvoir qu'elle a.

Chez M. le Gouverneur, on singe la cour du roi de France. Les hommes ont des perruques frisées et des chapeaux à plumes, les femmes des coiffures hautes de mousseline et de dentelle tuyautées. Préséances et privilèges se disputent dans une habitation de bois fraîchement écorcé. Tandis que tout alentour la forêt renâcle son haleine verte et résineuse, s'avance, parfois la nuit, comme une armée en marche, menace à tout instant de nous encercler, de se refermer sur nous et de nous reprendre comme son bien.

La fille du Gouverneur a douze ans, se retourne dans son lit, respire, à travers les murs, le souffle énorme de la forêt. Le hurlement des loups se mêle à l'odeur sauvage de la terre. La fille du Gouverneur est pleine de terreurs et de cauchemars. Elle dit qu'elle veut rentrer en France. Son père la gronde et se plaint de ce qu'elle n'est pas courageuse, lui promet qu'on la mariera bientôt à un officier du régiment de Carignan.

La fille du Gouverneur a des cheveux blonds, la taille longue et fine. Elle danse le menuet à ravir. Dès la tombée du jour, la peur dilate ses prunelles.

Ils l'ont appelée Angélique.

Un instant, Flora Fontanges essaie à ses poignets les petites mains glacées de la fille du Gouverneur, éprouve une peur maladive. Se dégage aussitôt pour rejoindre Raphaël qui l'attend à la porte de l'Hôpital général.

Ils sont là, tous les deux, dans le dépaysement du couvent et du temps, attentifs à ce que la vie d'autrefois pouvait bien faire en ces lieux si étroitement gardés.

Au mur, trois jeunes sœurs peintes par Plamondon affirment leur existence terrestre et monastique, alors qu'elles ne sont plus que cendres et poussières, depuis longtemps, persistent dans un tableau vivant comme un témoignage, saisies une fois pour toutes par le regard d'un peintre qui les a appréhendées et accompagnées jusqu'au seuil du mystère, avant de se taire et de tomber en poussière, à son tour.

Dans une vitrine, parmi des souvenirs pieux exposés, un petit marteau et des ciseaux en fer forgé, œuvre d'une religieuse morte en 1683, affirme la sœur gardienne du musée.

Il s'agit, pour Raphaël et Flora Fontanges, de réveiller une petite nonne, sans visage et sans nom, de la maintenir vivante, sous leurs yeux, le temps d'imaginer son histoire.

Mon Dieu, pense Flora Fontanges, faites que je sois voyante, une fois de plus, que je voie avec mes yeux, que j'entende avec mes oreilles, que je souffre mille morts et mille plaisirs avec tout mon corps et toute mon âme, que je sois une autre à nouveau. Cette fois-ci, il s'agit d'une religieuse de l'Hôpital général, et je referai sa vie depuis le commencement.

— Ce n'est pas rien que de remonter le temps et de presser les morts de dire leur secret, murmure Raphaël à l'oreille de Flora Fontanges.

Encore une fois, ils sont d'accord tous les deux, parfaitement complices d'un jeu qui les enchante. Ils ont ce goût et ce pouvoir de faire venir le temps d'autrefois sur la ville, la même lumière convoquée, la même couleur de l'air répandue partout, alors que la ville n'était qu'une petite bourgade tapie entre le fleuve et la forêt. Il s'agit de ranimer un soleil flétri, de le remettre au ciel comme une boule de lumière, est-ce donc si difficile après tout ?

La marée haute s'étale à plein bord, d'une rive à l'autre ; on peut entendre son clapotis léger contre les quais quand le bruit de la forge se calme et que la flamme reste un instant immobile et toute droite. C'est une fille avec un tablier de cuir jusqu'aux pieds qui fait un ouvrage de garçon dans la forge de son père, rue Saint-Paul. Debout dans la chaleur et l'éclat du feu, elle manie le soufflet, le marteau et les tenailles, bat le fer, ruisselle de sueur et de lueurs, quitte le fourneau pour la bassine d'eau fraîche où elle plonge son ouvrage. La flamme sur son visage l'a quittée, et elle est toute noire dans l'ombre. Son père, les bras croisés, la regarde travailler avec admiration, et il a le cœur gros car sa fille doit le quitter bientôt pour entrer au couvent.

Longtemps, elle a été enfantine et bonne, la joie de son père et de sa belle-mère. Puis, un jour, à table, elle a déclaré devant tout le monde qu'elle voulait devenir forgeron comme son père. Il n'y avait pas de garçons dans la famille. Six filles du premier lit comme un jardin où toutes les fleurs seraient bleues, sans l'ombre d'aucune autre couleur. Elle a écrit au crayon noir sur une feuille de papier blanc, en lettres très ornées et travaillées : THIBAULT ET FILLE, FORGERONS. On voyait tout de suite qu'en fer forgé ça ferait une très belle enseigne. Le père a souri, tout hébété, et plein d'incertitude et de doute. La belle-mère a hurlé qu'il fallait être possédée du démon pour avoir des idées pareilles. Elle a parlé de faire venir l'exorciste.

Une grande fille aux épaules larges, au visage doux, aux mains fortes soulève sans effort des poids très lourds, et elle sourit presque tout le temps. Guillemette Thibault, c'est un beau nom à porter toute sa vie, sans jamais en changer pour le nom d'un étranger qui la prendrait pour femme. Elle a déjà refusé deux prétendants et désire prendre la succession de son père à la forge. Tout le monde s'est mis de la partie pour la raisonner, la belle-mère en tête, les cinq sœurs et le curé. Le père se tait et baisse la tête.

Elle écoute ce qu'on lui dit, le visage penché dans l'ombre de sa coiffe, ses mains robustes à plat sur les genoux. Ce qu'elle entend, on le lui a déjà dit maintes fois. Il y a des ouvrages d'hommes et des ouvrages de femmes, et le monde est en ordre. Mariage ou couvent, pour une fille, il n'y a pas d'autre issue. Elle regarde ses mains sur ses genoux, elle écoute battre son cœur dans sa poitrine, et ça se passe comme si toute la force et la joie de son cœur et ses mains se glaçaient à mesure.

Guillemette Thibault s'est décidée pour le couvent. Mais, avant d'entrer au couvent, elle a obtenu de son père de forger sur l'enclume et dans le feu une paire de ciseaux et un petit marteau si fins et bien faits qu'elle les a emportés avec son trousseau et sa dot à l'Hôpital général, en guise d'offrande.

Ce qu'elle craignait plus que tout au monde, qu'on lui prenne son nom, est arrivé par la suite. Après deux ans de noviciat, elle est devenue sœur Agnès-de-la-Pitié, et on n'a plus jamais entendu parler de Guillemette Thibault.

C'est dans le port qu'ils aiment à se promener, en fin de journée, lorsqu'une vapeur chaude monte de l'eau et que ciel, terre et eau, bateaux, quais, docks, marins et promeneurs sont mêlés, brassés, confondus, dans une seule matière brumeuse et blanche.

A tant regarder le fleuve, elle a le regard vague, ne peut plus trier ses images et se laisse envahir par tout ce qui passe et repasse au loin et tout près, sur l'eau et dans le port et jusque dans sa mémoire.

Il a envie d'agiter sa main devant les yeux de Flora Fontanges pour qu'elle revienne à lui et cesse de regarder fixement devant elle.

— Qu'est-ce que tu vois que je ne vois pas ?

Il la tutoie pour la première fois, et s'efforce de voir en direction de son regard à elle. L'eau plane à perte de vue. Des petites vagues cognent contre le quai, des filaments d'huile se figent au bord avec des reflets luisants violets et or.

Elle tend le bras vers le vide de l'eau :

— Là, c'était l'*Empress of Britain*, amarré au quai 21 !

Sa voix change. Elle a l'air de ne s'adresser à personne, penche la tête, comme fascinée. Rien ne semble avoir plus d'importance pour elle que l'eau brunâtre tout contre le quai, avec ses traces d'huile grasse. L'horizon est bouché, pense-t-elle. La largeur et la grandeur du fleuve s'avèrent barrées par la masse blanche et massive de l'*Empress of Britain*. Flora Fontanges n'a plus qu'à regarder l'espace d'eau sale, entre le quai et le paquebot, qui grandit à vue d'œil, à mesure que l'*Empress* s'arrache à la terre, en longues traînées huileuses.

Craint-elle plus que tout au monde que son vrai visage surgisse et se montre devant elle, mêlé à la foule qui s'entasse, appuyée au bastingage ? Ses cheveux en larges vagues retombant sur ses épaules, sa petite figure d'avant les masques de théâtre, dure comme la pierre, son regard obstinément fixé sur l'eau, entre le quai et le bateau. Alors que, sur le quai plein de monde qui agite des mouchoirs et crie des choses inaudibles dans le vent, M. et Mme Eventurel risquent d'apparaître, tous les deux, longs et minces, dans leurs vêtements sombres ; le visage blanc de Mme Eventurel moucheté de noir par la voilette épaisse, la silhouette de M. Eventurel sanglée dans un manteau noir à col de velours.

Si jamais M. et Mme Eventurel se montrent à nouveau aux yeux de Flora Fontanges, elle verra bien qu'ils sont profondément offusqués pour l'éternité, fâchés contre elle, immobiles et figés dans leur ressentiment, et qu'elle n'a plus qu'à disparaître une fois de plus, comme en 1937, sur l'*Empress of Britain*.

Elle dit « mon Dieu » et elle enfouit son visage dans ses mains.

Elle ne peut pourtant pas empêcher qu'une jeune fille maigre dans son tailleur gris très strict persiste dans sa mémoire, refasse les mêmes gestes qu'en 1937, retrouve la même fièvre et le même bonheur coupable à la seule pensée de quitter M. et Mme Eventurel, de traverser l'océan et de devenir actrice envers et contre tous.

Le temps pour la fille adoptive des Eventurel de passer la robe noire, le tablier brodé et la coiffe légère des femmes de chambre de l'*Empress of Britain*, et les quais ont disparu tout à fait, loin derrière le sillage du bateau. M. et Mme Eventurel ont déjà basculé sur la ligne d'horizon. A jamais.

— Je suis partie à bord de l'*Empress of Britain* et je ne suis jamais revenue.

Il ne fait plus attention à ce qu'elle dit. Il suit son idée, regarde droit devant lui le fleuve plein de brume, scrutant ses propres images en marche, les suscitant, leur donnant forme à mesure, comme s'il préparait un cours d'histoire avec des diapositives.

— Allons-nous-en, mon petit Raphaël ! Il n'y a plus rien à voir ici.

Il dit que ce n'est jamais fini de regarder le fleuve et d'interroger l'horizon.

Depuis le temps qu'on s'échine à voir le plus loin possible, comme si on pouvait s'étirer les yeux jusqu'au golfe et surprendre à sa source océane qui vient vers nous pour notre bonheur ou notre malheur. L'hiver, il ne vient rien du tout à cause des glaces, et c'est une interminable attente du printemps.

L'hiver 1759, après avoir gagné la bataille de Sainte-Foy, on s'est arrangé avec l'occupant anglais durant de longs mois, dans l'espoir de voir arriver, au printemps, des vaisseaux français, bourrés d'armes et de munitions, de vivres et de soldats en uniformes bleus. Le craquement des glaces qui éclatent et calent, le croassement de la première corneille, après l'hiver sans oiseaux, n'ont jamais été désirés avec plus de fièvre. Mais lorsque, enfin, la surface de l'eau est redevenue mouvante et pleine de force, ce sont des vaisseaux anglais qui se sont avancés sur le fleuve en nombre et en bon ordre. La France nous avait cédés à l'Angleterre comme un colis encombrant. Ce qui est venu alors sur nous, d'un seul coup, comme un vent mauvais, ressemblait à s'y méprendre au pur désespoir.

Raphaël parle d'une époque révolue, bien avant la conquête anglaise, au tout début du monde, lorsque chaque pas que l'on faisait sur la terre nue était arraché à la broussaille et à la forêt.

Ils sont tous là sur le rivage, en attente des bateaux venant de France. Gouverneur, intendant et gentilshommes endimanchés, empanachés, emplumés et pleins de fanfreluches, malgré la chaleur et les maringouins. Quelques religieuses résistent au vent du mieux qu'elles le peuvent dans un grand remuement de voiles, de guimpes, de scapulaires, de cornettes et de barbettes. Des soldats fraîchement licenciés, rasés de frais, selon les ordres reçus, vêtus de chemises propres, écarquillent les yeux jusqu'à voir rouge dans le soleil, en attente de la promesse, en marche vers eux sur le fleuve immense qui miroite au soleil.

En bas, en haut du cap, l'ébauche de la ville plantée dans la sauvagerie de la terre, tout contre le souffle de la forêt, pleine de cris d'oiseaux et de rumeurs sourdes dans la touffeur de juillet.

Cette fois-ci, il ne s'agit pas seulement de farine et de sucre, de lapins, de coqs et de poules, de vaches et de chevaux, de pichets d'étain et de couteaux à manche de corne, de pièces de drap et d'étamine, d'outils et de coton à fromage, c'est d'une cargaison de filles à marier, aptes à la génération dont il est bel et bien question.

La Nouvelle France a mauvaise réputation en métropole. On parle d'un *lieu d'horreur* et des *faubourgs de l'enfer*. Les paysannes se font tirer l'oreille. Il a bien fallu avoir recours à La Salpêtrière pour peupler la colonie.

Les voici qui se pressent sur le pont, les unes contre les autres, comme un bouquet qu'on a ficelé trop serré. Les ailes de leurs coiffes battent dans le vent, et elles agitent des mouchoirs au-dessus de leurs têtes. Les hommes, en rang sur le rivage, les dévisagent en silence. La décence de leurs costumes a tout de suite été remarquée avec satisfaction par le Gouverneur et l'Intendant. Il s'agit de savoir, avant même d'avoir pu distinguer leurs visages, si elles sont modestes et bien soignées de leur personne. Le reste de l'examen minutieux et précis se fera, en temps et lieu, petit à petit, à mesure qu'elles viendront vers nous avec leurs jeunes corps voués sans réserve à l'homme, au travail et à la maternité.

A défaut de paysannes, il faut bien se contenter pour aujourd'hui de ce menu fretin, venu de Paris, et doté par le Roi de cinquante livres par tête. Si elles savent déjà coudre, tricoter et faire de la dentelle (on le leur a appris dans leur refuge de La Salpêtrière, *aussi infamant que la Bastille*), on verra bien leur figure lorsqu'il faudra faire vêler la vache et changer sa litière.

On distingue très bien maintenant leurs traits dans la lumière, encadrés de toile blanche et de quelques petits cheveux fous dans le vent. Il y en a de rouges et de tannées par le soleil et l'air marin, d'autres exsangues et squelettiques minées par le mal de mer et la peur.

Ils sont là sur le rivage, dans le grand beau temps qu'il fait, comme devant une aurore boréale. Des cris s'échappent par moments de leurs poitrines haletantes.

— Ah ! La belle rousse ! La belle bleue ! La petite frisée !

Quand on a été privés de femmes pendant si longtemps, sauf

quelques sauvagesses, c'est quand même plaisant de voir venir vers nous tout ce bel assemblage de jupons et de toile froissée. Il a été entendu, entre M. le Gouverneur, M. l'Intendant et nous, garçons à marier, qu'on les prendrait comme elles sont, ces filles du Roi, fraîches et jeunes, sans passé, purifiées par la mer, au cours d'une longue et rude traversée sur un voilier. Trente passagers sont morts en cours de route, et il a fallu les jeter à la mer comme des pierres. Les survivantes encore longtemps seront hantées par le roulis et le tangage, tant il est vrai que ce grand brassement de l'océan habite toujours leurs corps, de la racine des cheveux à la pointe des orteils. C'est comme une procession de filles ivres qui commence de venir vers nous sur la passerelle. Leurs belles épaules tendues sous les fichus croisés sur la poitrine ont le mouvement chaloupé des marins en bordée.

M. l'Intendant est formel. *Tous les soldats licenciés, quelques-uns faisant métier de bandit, seront privés de la traite et de la chasse et des honneurs de l'Église et des communautés si, quinze jours après l'arrivée des filles du Roi, ils ne se marient.*

Les plus grasses ont été choisies les premières, au cours de brèves fréquentations dans la maison prêtée à cet effet par Mme de la Pelterie. C'est mieux qu'elles soient bien en chair pour résister aux rigueurs du climat, disent-ils, et puis, quand on a déjà mangé de la misère par tous les pores de sa peau, durant des années, aux armées du Roi, c'est plus réconfortant d'avoir un bon gros morceau à se mettre sous la dent, pour le temps que Dieu voudra bien nous laisser sur cette terre en friche depuis le commencement du monde. En réalité, il n'y a que la chasse et la pêche qui soient possibles ici. L'état de coureur de bois nous conviendrait assez bien, quoique le bon vouloir du Roi soit de nous enchaîner sur une terre en bois debout avec une femme qui n'en finit pas de nous ouvrir le cœur, sous prétexte que c'est là, entre nos côtes, qu'elle est déjà sortie pour prendre son souffle au Paradis terrestre. Allez donc répondre à cette attente, à ce désir d'amour absolu qui les tourmente presque toutes ? Il n'y a que la suite des jours et des nuits qui aura raison de leur belle ardeur. C'est qu'on s'use et se lasse à la longue, sous le feu de l'été, sous le feu de l'hiver, et c'est la même brûlure intolérable, avec pour tout refuge une cabane de bois de quinze pieds carrés, couverte de paille. C'est dans l'unique lit de l'habitation qu'on se prend et qu'on se reprend, qu'on accouche et qu'on empile ses petits, qu'on agonise et qu'on meurt. Cela ressemble parfois à une soue, et les larmes se mêlent au sperme et à la sueur, tandis que passent les générations et que la vie se reforme à mesure comme l'air que l'on respire.

Debout sur le quai de l'anse aux Foulons, dans l'odeur du goudron et le soir qui descend, Raphaël et Flora Fontanges ont commencé à réciter les noms des filles du Roi, comme une litanie de saintes, ces noms qui sont à jamais enfouis dans des archives poussiéreuses.

Graton, Mathurine
Gruau, Jeanne
Guerrière, Marie-Bonne
Hallier, Perette
d'Orange, Barbe
Drouet, Catherine
de la Fitte, Apolline
Doigt, Ambroisine
Jouanne, Angélique
La Fleur, Jacobine
Le Seigneur, Anne
Salé, Élisabeth
Deschamps, Marie

En réalité, c'est d'elle seule qu'il s'agit, la reine aux mille noms, la première fleur, la première racine, Ève en personne (non plus seulement incarnée par Marie Rollet, épouse de Louis Hébert), mais fragmentée en mille frais visages, Ève dans toute sa verdeur multipliée, son ventre fécond, sa pauvreté intégrale, dotée par le Roi de France pour fonder un pays, et qu'on exhume et sort des entrailles de la terre. Des branches vertes lui sortent d'entre les cuisses, c'est un arbre entier, plein de chants d'oiseaux et de feuilles légères, qui vient jusqu'à nous et fait de l'ombre, du fleuve à la montagne et de la montagne au fleuve, et nous sommes au monde comme des enfants étonnés.

Un jour, notre mère Ève s'est embarquée sur un grand voilier, traversant l'océan, durant de longs mois, pour venir vers nous qui n'existions pas encore, pour nous sortir du néant et de l'odeur de la terre en friche. Tour à tour blonde, brune ou rousse, riant et pleurant à la fois, c'est elle, notre mère, enfantant à cœur de vie, mélangée avec les saisons, avec la terre et le fumier, avec la neige et le gel, la peur et le courage, ses mains rêches nous passent sur la face, nous râpent les joues, et nous sommes ses enfants.

Au bout d'une longue chaîne de vie, commencée il y a trois siècles, Raphaël et Flora Fontanges se regardent comme intimidés d'être là, tous les deux, l'un en face de l'autre, en plein mois de juillet 1976, avec leurs mains et leurs bras, leurs pieds et leurs jambes, leur figure étonnée, leur sexe caché, leur histoire séparée, leur âge respectif.

Que les filles du Roi retombent en poussière, pense Flora Fontanges, laissons les mortes ensevelir les mortes. Inutile de chercher parmi les mères du pays la mère qu'elle n'a jamais connue. Orpheline dès le premier cri et la première respiration, Flora Fontanges n'a que faire ici, parmi les filles du Roi, ressuscitées grâce à la fantaisie d'un étudiant en histoire et d'une vieille femme dépossédée de sa propre mère, depuis la nuit des temps.

Et si c'était ça, la vie ? L'idée de la bonté maternelle absolue, comme ça, au bout du monde, et l'on part à sa rencontre, on oriente sa vie dans sa direction, n'importe qui, n'importe où, n'importe comment, tant l'espoir et le désir sont forts, tous tant que nous sommes, comme quelqu'un qui serait sans regard véritable, orphelin sans feu ni lieu, tandis que nos doigts d'aveugle se méprennent à mesure sur le tendre et doux visage de l'amour. C'est la carotte du petit âne qui fait avancer le monde. Tant d'amours décevantes pour Flora Fontanges et toujours le même espoir renaissant de ses cendres alors que la face furtive de l'amour s'éloigne à mesure. Quelle drôle de vie que la sienne, et que l'amour est difficile à saisir ! De quelle blessure initiale s'agit-il pour tous, et non seulement pour Flora Fontanges qui est sans père ni mère ? Jusqu'à la petite Maud, follement aimée, dès son premier jour, fugueuse de naissance, qui s'échappe sans cesse, droit devant elle, sans se retourner, comme si la vie se trouvait quelque part au loin, cachée dans les nuages.

Sa voix à peine audible, cet arrêt entre chaque mot, cet air perdu qu'il a.

— Et si Maud était partie avec un autre garçon ?

Ils en viennent à chercher des raisons au départ de Maud, ils imaginent des responsabilités, se sentent coupables, dans une espèce de complicité vague.

Il lève vers elle son visage enfantin et grave :

— Pourquoi est-elle partie ? Est-ce que c'est ma faute ? Est-ce la tienne ?

De quel manque s'agit-il ? Il y a toujours quelqu'un qui n'est pas là quand on a besoin de lui. Comment accepter cela et ne pas se morfondre et ne pas essayer de toutes ses forces de faire en sorte que ça n'arrive jamais, cette absence, cette négligence du cœur ?

— Et puis Maud était si secrète, si fermée, comment savoir.

— Je ne lui ai jamais posé de questions. J'aimais qu'elle soit secrète et fermée, si belle, intacte dans son mystère, seule avec moi comme on l'est avec soi-même, sans confidences. Et puis, elle est partie au moment même où je ne pouvais me passer d'elle, de son mystère, de son visage lisse, de ses yeux trop grands ouverts. Je crois qu'elle a senti ça et qu'elle a eu peur que je ne l'enferme avec moi dans un tête-à-tête étouffant...

— Si l'amour est un piège, avec moi ça n'a pas été pareil, c'était plutôt le contraire, il y avait plein de mailles filées dans le filet, rien qui puisse la retenir, et c'est ce qu'elle n'a pu supporter. Une mère actrice, ce n'est sans doute pas un cadeau pour un enfant. Trop de câlins à la fois, entre deux représentations, puis l'absence prolongée des tournées. Ce n'est pas normal, cette alternance de trop et de rien. Impossible à vivre sans doute.

Ils en arrivent à la même conclusion tous les deux. Pour des raisons différentes, parfois contraires, Maud, à un moment donné, se trouve immanquablement face à face avec l'intolérable, et ne peut que fuir.

— Si elle revient, ce ne sera plus jamais pareil. Je ne pourrai plus vivre tranquille comme avant. J'aurais trop peur qu'elle reparte. Je me mettrais sans doute à lui poser des questions, à la tourmenter sur ses fugues, sur son passé, le plus éloigné comme le plus proche. Son secret, je crois que je ne pourrai plus l'accepter. Je risque de devenir jaloux et mauvais comme tout le monde...

Cette moue boudeuse, cette larme au bord des cils. Raphaël répète qu'il est malade, jaloux, jaloux, et que ça le crève.

Le garçon s'effondre soudain comme chargé de toute sa vie.

Flora Fontanges presse dans sa main la main longue et forte posée à plat sur la table. Elle dit que Maud reviendra. Maud revient toujours. Elle le tutoie à son tour. Elle se sent légère et confirmée en grâce, femme consolatrice et bonne, auprès d'un enfant qui pleure.

Raphaël se remet à parler avec animation des filles du Roi, comme si sa vie en dépendait.

Il faudrait les nommer toutes, à haute voix, les appeler par leur nom, face au fleuve d'où elles sont sorties au dix-septième siècle, pour nous mettre au monde et tout le pays avec nous.

>   Michel, Jaquette
>   Mignolet, Gillette
>   Moullard, Éléonore
>   Palin, Claude-Philiberte
>   Le Merle d'Aupré, Marguerite

Ce n'est rien pour Flora Fontanges et pour Raphaël de réciter un chapelet de noms de filles, de leur rendre hommage, de les saluer au passage, de les ramener sur le rivage, dans leurs cendres légères, de les faire s'incarner à nouveau, le temps d'une salutation amicale. Toutes sans exception, les grasses et les maigres, les belles et les moins belles, les courageuses et les autres, celles qui sont rentrées en France, trop effrayées pour vivre ici, parmi les sauvages, la forêt et le terrible hiver, celles qui ont eu dix ou quinze enfants, celles qui les ont tous perdus à mesure, celle qui a réussi à en sauver un seul sur douze mort-nés, c'était une petite fille qu'on a appelée Espérance pour conjurer le sort, mais elle est décédée à l'âge de trois mois ; celle qui a été rasée et battue de verges aux carrefours ordinaires de la ville pour crime d'adultère, et la petite Renée Chauvreux, enterrée dans le cimetière, le cinq janvier 1670, venue de France par les derniers vaisseaux et trouvée morte dans les neiges, le quatre janvier de ladite année.

Depuis longtemps, Flora Fontanges est persuadée que, si un jour, on arrive à tout rassembler du temps révolu, tout, exactement tout, avec les détails les plus précis — air, heure, lumière, température, couleurs, textures, odeurs, objets, meubles —, on doit parvenir à revivre l'instant passé dans toute sa fraîcheur.

Pour la petite Renée Chauvreux, il y a très peu d'indices, trois lignes à peine dans le registre de la ville et l'inventaire de son maigre trousseau. Cette fille du Roi est morte dans la neige. Son premier hiver ici, sa première neige. Cette beauté blanche qui fascine et qui tue. A partir de sa propre enfance dans la neige, on doit pouvoir s'approcher de Renée Chauvreux, à pas de loup, comme la mort elle-même berçante et endormante, sous trois pieds de neige poudreuse. Mais comment la réveiller, cette petite morte, raidie sous la glace et le temps, la faire parler et marcher à nouveau, lui demander son secret de vie et de mort, lui dire qu'on l'aime farouchement comme un enfant qu'on doit ressusciter ?

Ainsi, Flora Fontanges s'est-elle déjà approchée d'Ophélie, au fil de l'eau, parmi les fleurs à la dérive, posant à Ophélie la même question torturante qu'à Renée Chauvreux, au sujet de la destinée amère des filles. Pourquoi ?

Un jour, elle a pris Ophélie dans ses bras d'actrice vivante, la réchauffant de son souffle vivant, lui faisant reprendre sa vie et sa mort, soir après soir, sur une scène violemment éclairée à cet effet. Pourquoi, maintenant qu'il est question de Renée Chauvreux, Flora Fontanges ne pourrait-elle pas sentir tout son sang se glacer dans les veines d'une petite morte, surprise par l'hiver, sur une batture de l'île d'Orléans, balayée par le vent, blanche comme le ciel et blanche comme le fleuve et la terre ? Une seule immensité blanche, à perte de vue, pour se perdre et mourir dans la poudrerie qui efface les traces à mesure.

Cette fois-ci, Shakespeare ne porte plus Flora Fontanges. Il s'agit d'un tout petit texte, sec comme le Code civil.

Inventaire des biens de Renée Chauvreux estimés à 250 livres :

Deux habits de femme, l'un de camelot de Hollande, l'autre de barraconde, une méchante jupe de forrandine, une très méchante jupe verte, un déshabillé de ratine, une camisole de serge, quelques mouchoirs de linon, six cornettes de toile et quatre coiffes noires dont deux de crêpe et deux de taffetas, un manchon en peau de chien et deux paires de gants de mouton. A juré dans son cœur, sur sa part de Paradis, qu'elle n'épouserait pas Jacques Paviot, soldat de la Compagnie de M. de Contrecœur avec qui elle a passé contrat de mariage.

Flora Fontanges porte sur ses épaules tout le malheur du monde, semble-t-il, ne pourrait-elle célébrer la joie qui est ici même, dans le crépuscule d'été ? Raphaël semble tout à fait remis de sa tristesse au sujet de Maud, rêve aux filles du Roi, considère longuement le fleuve, devant lui, vide et lisse, sans aucun espoir de grand voilier à l'horizon.

— Regarde comme le fleuve est calme, on dirait un lac.

C'est facile de contempler le fleuve et de faire comme si la petite Renée Chauvreux s'éteignait peu à peu, pareille à la flamme d'un lampion qui clignote et meurt à travers un verre de couleur. Ce garçon passe du rire aux larmes et des larmes au rire avec une facilité déconcertante. On dirait un enfant de trois ans.

> Raclot, Marie-Madeleine
> Turbal, Ursule
> Varin, Catherine
> Touzé, Jeanne
> Raisin, Marguerite

Si Flora Fontanges se laisse à nouveau envahir par tant de personnages, c'est qu'elle a besoin qu'il y ait tout un va-et-vient dans sa tête. Tant qu'elle jouera un rôle, sa mémoire se tiendra tranquille et ses propres souvenirs de joie ou de peine ne serviront qu'à nourrir des vies étrangères. Ce n'est pas rien d'être une actrice et de refouler son enfance et sa jeunesse dans la ville comme des mauvaises pensées.

La côte de Lévis se découpe, nette et verte, dans le soleil couchant. Il y a des petits nuages roses, pressés, qui filent dans le ciel couleur de soufre. Le fleuve a la même lueur sulfureuse que le ciel, le même passage de nuages roses, légers, sans vague aucune, pourrait-on croire.

Voici du romarin, c'est pour le souvenir ; souvenez-vous, mon amour, s'il vous plaît, et pour la pensée, voici des pensées...

Ophélie apparaît et disparaît pour reparaître et disparaître à nouveau sous les paupières fermées de Flora Fontanges, tandis qu'à ses côtés un garçon en polo bleu lui parle inlassablement des filles du Roi.

Son premier rôle, sa première tournée. C'est un tableau dans sa tête. Un théâtre de province, l'hiver, avec des murs gris, pleins de salpêtre, où l'on a accroché des affiches et pendu une petite glace piquée, sous une ampoule dépolie. On gèle ici comme dans un caveau. On voit la buée des respirations. Comment dessiner le doux visage d'Ophélie, lui donner les yeux pleins de larmes qu'il faut et cette bouche mordue par le désespoir ? C'est une petite glace encombrée par trois têtes de comédiens, occupés à se peindre avec toutes les couleurs du prisme, comme si chacun d'entre eux était seul au monde, avec son âme unique, toute mêlée aux fards et aux poudres. Impossible de se maquiller ici avec Polonius qui prend toute la place dans la glace, pue l'ail et ne parvient pas à coller sa barbe grise, tandis qu'Hamlet se couvre la figure de tristesse appliquée, dans un nuage de poudre jaune.

Flora Fontanges voudrait tant que la passion d'Ophélie en elle soit juste et déchirante, visible sur toute sa personne, bien collée sur ses os, comme une seconde peau. Tout à côté d'elle, la Reine n'arrive pas à mettre toute sa poitrine opulente dans un corsage étroit de velours râpé. Elle jure et crache pareille à une chatte en colère. Plus loin sur la scène, derrière le rideau fermé, on entend un cliquetis d'armes, des bonds et des cris étouffés dans la poussière soulevée et la lumière sourde de la herse à demi allumée.

C'est le beau temps.

Elle a vingt-deux ans et, ce soir, après la première représentation, elle ira rejoindre un homme qu'elle aime et qui l'aime. Pour jouer Ophélie, elle s'est privée d'amour volontairement (imposant sa loi à celui qui l'attend), pendant des jours et des nuits, souhaitant que l'amour et le désir dans son cœur souffrent mille morts, afin d'être Ophélie avec toute la passion contenue qui convient. Ce soir, c'est fini, Ophélie est offerte au public dans toute sa grâce touchante et sa pure détresse. Le rideau à peine baissé, démaquillée à la hâte, elle n'a plus qu'à se jeter dans les bras de cet homme en trench-coat et chapeau de feutre qui s'impatiente à la sortie des artistes. Dans une petite rue mal pavée et raboteuse, à l'hôtel le plus proche, une chambre les attend avec un lit de cuivre, haut sur pattes, et un lavabo-bidet, derrière un rideau de reps à ramages verts et rouges.

— Il y a eu beaucoup d'hommes dans ta vie ?

Elle a envie de répondre brusquement qu'elle ne les a pas comptés, mais ce n'est pas vrai, elle en a maintes fois fait le compte exact, avec des détails, des odeurs, des sons, des chambres, parfois de l'herbe froissée ou la banquette arrière d'une voiture. Longtemps, elle a cru qu'on guérissait d'un amour par un autre amour, ce qui revient à n'être pas plus tôt guéri qu'on retombe malade. A la longue, vu du plus loin de sa vie vieillissante, cela ressemble à un amour unique, renaissant sans cesse de ses cendres, pour clamer sa fièvre ou son ennui.

— Et le père de Maud, il était comment ?

La voix de Flora Fontanges devient sèche et coupante. Elle s'est déjà levée. Sa petite tête, sur son long cou, se raidit comme au bout d'une pique, tandis que tout son corps se fige.

— Comme les autres, ni pire ni meilleur. Cadre supérieur, marié, deux enfants, lunettes noires, barbe forte, teint olive, fossette au menton, vacances, fêtes d'obligation et week-ends en famille, comme il se doit.

Ce qu'elle ne dit pas, ce qu'elle ne dira pas, c'est que sa passion pour le père de Maud fut si violente que, pendant toute une saison, elle joua Phèdre avec une fureur de flamme ravageuse, se consumant doublement, dans la vie et au théâtre. Amaigrie et brûlée de fièvre, elle porte sa fille comme le fruit de deux amours, faillit mourir à la naissance de la petite et, sitôt rétablie, l'emmena à la campagne avec elle, loin de la scène et de la présence ingrate du père.

— Cet homme, je ne l'ai jamais revu, et Maud porte mon nom.

C'est fini. Elle n'en dira pas plus. Que Raphaël se contente de ce résumé de la venue au monde de Maud. Que le silence prenne, comme de la glace qui se forme sur la surface de l'eau mouvante, non seulement entre Raphaël et elle, mais jusqu'au cœur de Flora Fontanges, là où le moindre brassage de la mémoire risque de réveiller des scènes pas très jolies entre un homme et une femme qui se déchirent à belles dents. Ils se reprochent mutuellement la petite Maud qui n'est pas encore née, pas plus grosse que le petit doigt, accrochée dans le ventre de sa mère telle une moule sur son rocher. L'homme voudrait la faire disparaître comme si elle n'avait jamais existé dans son insignifiante petitesse de moule aveugle. La femme pleure et répète que c'est sa dernière chance de devenir mère, qu'elle aura bientôt quarante ans et qu'il n'est qu'un lâche. C'est au sujet des précautions qu'ils sont le plus virulents, s'accusant l'un l'autre d'avoir fait exprès. Entre eux, cela se met très vite à ressembler à de la haine (sans doute accumulée de part et d'autre depuis des jours), remontant à la surface comme une guirlande de mousse verte que l'on tire de terre et qui n'en finit pas. Tant de récriminations, de cris, de larmes (il l'accuse de faire du théâtre dans la vie), de rancunes amassées, de paroles blessantes à tout coup.

Le temps des amours tumultueuses est bien révolu. Elle se tient droite comme si jamais rien ne s'était passé. Désire de toutes ses forces être changée en pierre.

Sans que sur ses traits rien ne bouge, aucune ligne, ni l'œil couleur d'océan, à l'abri du regard de Raphaël, bien cachée à l'intérieur d'elle-même, elle revit les premiers temps de sa maternité. Pendant trois mois, ce fut l'amour fou, et ce garçon qui est l'amant de Maud ne peut avoir la moindre idée de cette fusion amoureuse.

Une toute petite maison isolée, louée pour trois mois, dans la campagne tourangelle, retirée sous les arbres, avec un minuscule jardin de curé. La mère baigne, talque, lange, berce, caresse sa fille, à longueur de journée. Lui parle comme à un Dieu qu'on adore. La garde le plus longtemps possible tout contre sa poitrine nue, sous une blouse ample, choisie à cet effet. Échange infini de chaleur et de senteur. Peau contre peau. Lui donne le sein, sans horaire fixe, comme une chatte nourrit son chaton. La lèche de la tête aux pieds. Ira jusqu'à prétendre que, si sa fille pleure un instant, c'est parce qu'elle a perdu l'odeur de sa mère. Pour la consoler, la reprendra inlassablement dans son giron comme dans son eau natale. Évitera de se mettre du déodorant et de l'eau de Cologne pour que sa fille puisse la reconnaître plus facilement rien qu'à l'odeur, animale et chaude, perdue dans la campagne, mêlée aux parfums de la terre.

S'il est vrai que la plupart des histoires d'amour ont une fin, dans ce monde ou dans l'autre, pour Flora Fontanges et sa fille, ça ne pouvait durer toujours. Dès le retour à Paris, mille petits démons anciens sont revenus à la charge, ainsi que dans l'Évangile, et l'état de cette femme envahie à été pire qu'avant. Contrats qu'on discute et qu'on défend. Contrats perdus pour congé de maternité. Rôles qu'il faut lire et annoter. Essayages. Dîners en ville. Solitude rompue par tous les bouts. Un homme nouveau la regarde dans l'encoignure d'un salon, tapissé de vert sombre. Son œil, sans couleur encore, tout juste brillant et moqueur, insistant. Rien n'est plus pareil. Le temps morcelé. Qu'on m'apporte ma fille que je la mange de baisers ! Le premier rôle d'après la naissance de Maud. Le cœur qui bat dans le cou, au bout des doigts. Plus de lait. Plus de temps. Qu'on dise à la nurse de bien stériliser les biberons. « *The show must go on.* » Le journal du matin lu à l'aurore, à une terrasse de café, avec les camarades qui se pressent, les yeux brouillés de sommeil et de fatigue. La critique tant attendue :

« Mme Fontanges joue en deçà d'elle-même, séparée du meilleur de son âme, absente de ses propres gestes et de sa propre voix, soudain réduite à sa plus simple expression, pareille à un arbre qu'on aurait ébranché, elle qui nous a habitués, dans le passé, à une habitation totale de ses personnages, à un surcroît de lumière et de chaleur ; ce retrait, ce manque d'aura, cette

111

impuissance nous déçoivent et nous désolent. La Fantine de Flora Fontanges parle comme si elle était ventriloque, elle gesticule comme une automate. La vraie vie est ailleurs. »

Sa vraie vie est partout à la fois, dans la joie d'être mère et les mille soucis et bonheurs quotidiens, tandis que pointe le désir d'un homme nouveau. Elle est énergique et véhémente, en plein milieu de sa vie qui surgit par tous les bouts de son être à la fois. Trop heureuse sans doute pour jouer les malheurs d'autrui, pour pleurer juste et mourir sous les feux de la rampe. Elle n'arrive pas à éclater sur la scène avec tout son sang qui bouillonne et se change en larmes.

Flora Fontanges lit et relit la critique qui la blesse et l'offusque. Pleure et serre les poings. Ses camarades l'encouragent et la consolent. Le rôle de Fantine, elle jure de le reprendre, ce soir même, de le faire crier dans sa gorge et par tous les pores de sa peau. Alors même qu'elle est pleine d'allégresse au sujet de sa petite enfant, à peine née, elle fera surgir sur la scène, dans toute sa détresse, la Fantine des *Misérables* qui est dépossédée de sa fille et de toute raison d'être au monde. Flora Fontanges n'aura qu'à puiser dans sa propre enfance, là où elle s'était promis de ne plus remettre les pieds, et Fantine apparaîtra, ce soir et demain, face au public qui la reconnaîtra, telle qu'en elle-même, pleine de larmes et de sanglots.

Un tout petit article dans un journal du matin la fait crier de plaisir.

« La Fantine de Mme Fontanges vibre si fort qu'elle nous prend le cœur à deux mains. »

Personne ne saura jamais de quelle enfance perdue il s'agit, ni de quelle douleur cachée, ramenée au grand jour, il est question, tant Flora Fontanges a soin d'effacer ses traces à mesure. Tout juste ce qu'il faut de malheur dans la nuit de ses souvenirs pour donner forme à Fantine et lui permettre d'exister farouchement. Tandis que l'exaltation de jouer submerge de plénitude Flora Fontanges, comme si elle atteignait le centre de son cœur, devenu rayonnant sur son visage, dans ses gestes et dans tout son corps, pareil à des vagues déferlantes sur le sable.

Il faudrait avoir neuf vies. Les essayer toutes à tour de rôle. Se multiplier neuf fois. Neuf fois neuf fois. Ne pas savoir garder ses distances, ni avec sa fille qui rit aux anges ni avec Fantine qui tousse à fendre l'âme. Fondre de plaisir en pensant à cet homme sauvage et beau qui lui a envoyé un bouquet d'anémones géantes. Se jeter dans ses bras dès qu'il apparaîtra dans la porte de la loge.

Ce n'est rien de déposer au vestiaire, après la représentation, la vie et la mort de Fantine ; comme une défroque légère, elle la reprendra demain en matinée. Étrange pouvoir des métamorphoses. Le plus beau métier du monde. Flora Fontanges salue le public qui l'acclame. La misère, les tournées minables, c'est fini depuis pas mal de temps déjà. Dans une heure, elle sera amoureuse pour de vrai, encore toute bruissante des prestiges de la scène, folle d'un homme comme si c'était la première fois. Et l'amoureux éperdu croira toucher, sur la peau douce de Flora Fontanges, toute la lignée romantique des héroïnes de théâtre et d'opéra, miraculeusement livrées entre ses bras.

La Grande-Allée s'est illuminée pareille à une avenue de foire, alors que le soleil n'est pas tout à fait couché dans la montagne, derrière le parlement. Il y a une lueur rose qui traîne dans le ciel que n'arrivent pas à chasser les lumières crues des lampadaires.

Des garçons et des filles s'agglutinent aux terrasses, tandis que des chevaux fatigués n'en finissent pas de promener des touristes américains dans leurs calèches.

Flora Fontanges et Raphaël, comme chaque soir, vont d'une terrasse à l'autre, dans l'espoir de voir surgir la tête lisse et noire, le petit visage pâle de Maud se détachant soudain, telle une apparition, parmi les jeunes gens assemblés autour des tables.

Quelqu'un prétend avoir vu Maud, à l'île aux Coudres, assise au bord de la route, du côté des tourbières. Céleste propose à Raphaël de l'accompagner à l'île, dès le lendemain.

Il faut bien se rendre à l'évidence, maintenant qu'elles ne sont plus là, si la vieille ville et la Grande-Allée se sont maintenues si longtemps dans leurs pierres grises et leurs jalousies vertes, c'est à cause des bonnes. Femmes de chambre, cuisinières, bonnes d'enfants, bonnes à tout faire, elles ont tenu à bout de bras des rues entières, intactes et fraîches. Pas un pouce de vitre ou de glace, pas une argenterie, ni un cuivre, qu'elles n'aient polis et repolis, pas une crasse ou une poussière qu'elles n'aient extirpées et chassées des tapis et des meubles, pas un brise-bise, ni un voilage qu'elles n'aient lavé, passé au bleu, amidonné et repassé, pas une couche, ni un lange, qu'elles n'aient nettoyé et blanchi. Leur mission principale consistait à rendre les maisons dignes des réceptions les plus élégantes comme de la vie quotidienne la plus délicate et la plus agréable. Robe noire et tablier blanc, coiffe sur la tête, elles ont lavé, essuyé, briqué, encaustiqué, épluché, bouilli et rôti, frit et rissolé, débarbouillé et bercé, consolé et soigné les enfants et les malades, montant et descendant, jour après jour, trois ou quatre étages, de la cave au grenier.

Depuis qu'elles ne sont plus là, ayant disparu peu à peu, au cours des années, on a dû abandonner les grandes maisons incommodes, tout en étages, impossibles à conserver sans elles.

Des femmes perdaient leur nom en rentrant en ville, par la petite porte de la Protection de la Jeune Fille. Elles ne gardaient plus que leur prénom qu'il fallait parfois changer, afin d'éviter toute confusion avec celui de Madame ou de Mademoiselle, dans la maison où elles entraient comme domestiques.

Marie-Ange, Alma, Emma, Blanche, Ludivine, Albertine, Prudence, Philomène, Marie-Anne, Clémée, Clophée, Rosana, Alexina, Gemma, Véreine, Simone, Lorina, Julia, Mathilda, Aurore, Pierrette...

Ah ! que les temps passés sont jolis et que la Grande-Allée était bien tenue !

Pierrette Paul échappe à son destin. Elle ne sera jamais bonne à tout faire. N'a-t-elle pas été adoptée en bonne et due forme par M. et Mme Edouard Eventurel ?

Raphaël regarde le visage fermé de Flora Fontanges, cet air buté qu'elle a tout à coup, perdue dans ses pensées. Il s'étonne à peine, encore sous le charme d'une kyrielle de prénoms de femmes, étranges et beaux, qu'il tente de scander comme une comptine. Alma, Clémée, Ludivine, Albertine, Aurore... Il dit Aurore et il cherche la suite. Il répète Aurore comme s'il attendait que quelqu'un vienne devant lui, appelé par son nom.

— Pierrette Paul ! Tu oublies Pierrette Paul !

Elle crie en plein milieu de la rêverie de Raphaël ainsi qu'on lance une pierre dans une mare.

— Pierrette Paul, c'est un joli nom, n'est-ce pas ? C'est mon premier rôle, et je n'en suis jamais revenue.

Elle glousse et elle penche la tête, regarde par en dessous, l'air sournois et coupable. Sa voix change, devient nasillarde et traînante, retrouve l'accent du pays.

— Ne fais pas cette tête-là, mon petit Raphaël, ce n'est rien qu'une petite fille de l'hospice Saint-Louis qui n'est pas encore adoptée et qui montre le bout de son nez en passant. C'est une pauvre petite créature, trotte-menu comme tout, une moucheronne qui apparaît de temps en temps dans ma tête et me dérange énormément.

Acceptera-t-elle jamais le poids de toute sa vie dans la nuit de sa chair ? Plutôt évoquer la Grande-Allée, du temps de sa splendeur, et la petite Aurore qui travaillait dans une de ces maisons, de l'autre côté de l'avenue.

117

Ils sont tous là, en grappes, dans les fenêtres et dans les marches des hauts perrons. On tient dans les bras les enfants les plus petits, pour qu'ils puissent bien voir. Aurore a à peine eu le temps de déposer sa valise en carton dans la chambre qui lui est réservée, au sous-sol, près de la fournaise et du port à charbon. Elle est arrivée dans sa nouvelle place un jour d'enterrement militaire, et la voici qui regarde et qui écoute, le cœur battant et tout étourdie comme si elle allait tomber. Même à l'église de son village, elle n'a jamais vu et entendu une chose pareille. On dirait que le ciel se déchire. La masse d'air bleu ou gris qu'on est accoutumé à voir se fend de haut en bas et s'ouvre comme pour une aurore boréale. L'autre côté du monde se montre et se fait entendre avec sa musique déchirante et sa procession solennelle. Le plus poignant, c'est sans doute cette épée et ce képi déposés sur un affût de canon, recouvert d'un drap blanc dessiné de bandes et de croix rouges et bleues que la petite Aurore ne sait pas encore être un drapeau étranger. Lentement, le cortège s'achemine vers l'au-delà, pense-t-elle, sans que cesse la musique militaire qui nous tord le cœur.

Aurore se mouche et s'essuie les yeux, sa poitrine monte et descend dans son corsage de satinette noire. Le fils de la maison la regarde, un petit sourire en coin, sous sa moustache blonde.

Cette fille le fait exprès aussi. Comment peut-on être à la fois aussi mince et aussi ronde ? Chacun de ses gestes dessine des merveilles dans l'air avec juste ce qu'il faut d'énergie et de douceur pour nous ensorceler. Le fils de la maison, qui est étudiant en droit, la suit de chambre en chambre dès qu'il en a l'occasion ! Comment peut-on permettre, dans la maison paternelle, à une créature étrangère de dix-sept ans de se mouvoir aussi librement devant nous. Elle tend le bras pour tirer le rideau du salon, et on voit son sein de profil qui bouge sous la bavette de son tablier brodé ; elle s'agenouille pour épousseter la table à café, et la ligne de son dos dessine un arc parfait. Mais lorsqu'elle est à croupetons pour laver le linoléum de la cuisine et que son petit derrière est plus haut que sa tête, on se dit qu'une pareille aisance dans le mouvement n'est possible qu'au cours d'une nuit d'amour, hors du lit des bourgeoises, tandis que l'odeur de sueur qui accompagne tous les déplacements légers de la danseuse besogneuse nous transporte hors du monde.

Mais là où ça ne devient plus tenable du tout, c'est un samedi matin, dans le grand escalier qui va du rez-de-chaussée au premier étage. Le bois de la rampe, bien encaustiqué, luit sourdement, la couleur verte du tapis, fraîchement ravivée avec des feuilles de thé, s'étend, de marche en marche, bien tirée, retenue par des baguettes de cuivre brillantes. Elle est là, en plein milieu de l'escalier, avec son chiffon à la main et son nettoyant pour les cuivres. Elle frotte et elle chantonne à bouche fermée. Elle ne l'entend pas venir. Il ne voulait que passer pour aller chercher un livre, et voilà qu'elle lui barre le passage. Une chaleur derrière elle se rapproche, une masse chaude essoufflée se colle sur ses épaules, sur son dos, sur ses reins. Elle étouffe un cri. Se redresse. Se retourne. Se plaque de dos contre la boiserie sombre de l'escalier. Le visage blond du garçon est là tout près, échauffé comme s'il venait de se faire la barbe. Il lui saisit les poignets. Il respire son odeur, et c'est tout ce qu'il aime. Il murmure Aurore et on pourrait croire qu'il a une extinction de voix. C'est à ce moment que Madame est descendue en faisant froufrouter ses jupes. Aurore a aussitôt disparu avec son chiffon et son flacon. Il n'a eu que juste le temps d'apercevoir au passage un petit rayon de soleil affolé, se posant de-ci de-là dans l'escalier, des baguettes de cuivre aux cheveux châtains d'Aurore, avec des éclairs dansants et roux.

Et je te frotte et je te polis et je te touche enfin, non plus avec un chiffon, mais avec mes deux mains nues, et toute ta peau, de haut en bas, brille comme le cuivre et l'or, comme le soleil et la lune, pleine de rousseur lumineuse et bonne à mourir de plaisir. Il peut toujours rêver. C'est un fils de famille qui étudie le droit dans sa chambre fermée. Il est aveugle, devant son livre ouvert, tant Aurore l'obsède et le hante. Le Code civil n'empêche rien du tout. Inutile d'étudier la loi, puisque déjà on vit hors la loi, dans des régions violentes de soi où le désir est le seul maître.

Il ratera son examen de fin d'année.

Tout ce que dit et fait Flora Fontanges, depuis sa première rencontre avec Raphaël, c'est tenter de s'approprier la ville avec lui. Ils ont appelé des créatures disparues, les tirant par leur nom, comme avec une corde du fond d'un puits, pour qu'elles viennent saluer sur la scène et se nommer bien haut, afin qu'on les reconnaisse et leur rende hommage, avant qu'elles ne disparaissent à nouveau. D'obscures héroïnes de l'histoire sont ainsi nées et mortes à la suite les unes des autres. C'est maintenant le tour de la petite Aurore de nous faire signe du fond de sa mort violente.

Cette fois, ce n'est pas l'étudiant en histoire qui évoque le passé, mais Flora Fontanges dont la mémoire est étrange et la concerne plus ou moins tant la peur de se compromettre lui fait puiser dans les souvenirs des autres, pêle-mêle, avec les siens propres afin qu'ils soient méconnaissables.

— Ma fausse grand-mère racontait des histoires devant moi, comme si elle s'adressait au mur, à travers moi, comme si j'étais transparente, mais elle racontait si bien, avec tant de passion contenue.

— Et la petite Aurore ?

La petite Aurore passe soudain au second plan dans le cœur de Flora Fontanges, tandis que la présence d'une grande vieille femme, très droite, osseuse et blanche, se dresse et prend la parole. La fin tragique de la petite Aurore semble évoquée par une voix étrangère lorsque Flora Fontanges ânonne, mot à mot, comme si elle écoutait à mesure chaque mot qu'on lui dicterait, dans les ténèbres de sa mémoire.

— Le jour de ses dix-huit ans, on a retrouvé le corps de la petite Aurore, violée et assassinée, dans le parc Victoria, près de la rivière Saint-Charles. Aucune enquête policière n'a abouti. Aucun meurtrier n'a été appréhendé. On a bien vite classé le dossier d'Aurore Michaud, fille de Xavier et de Maria Michaud, née à Sainte-Croix-de-Lobinière, le sept août 1897, morte le sept septembre 1915.

C'est une nouvelle qui a fait frémir d'horreur, de la haute ville à la basse ville, alimentant les conversations pendant des jours et des jours. Mais la vie ordinaire, un instant mise en retrait, a repris ses droits, comme après la chute d'un caillou dans l'eau.

On se soigne avec des mouches de moutarde, des ventouses scarifiées, de la graine de lin, du sirop de créosote et de tolu, on accouche à la maison et on reste quinze jours au lit, après ses couches, les filles apprennent le piano (pour les garçons, inutile d'insister, ça fait trop efféminé), les enterrements, les mariages et les baptêmes sont nombreux, la vie et la mort se bousculent aux portiques de la Grande-Allée et de la vieille ville, les fortunes les plus stables font l'appoint avec les rentes qui viennent des terres, là-bas, dans les seigneuries. Mme Eventurel mère a promis à sa fille unique, Élodie, de lui offrir une robe de soie bleue dès que le notaire lui aura remis les rentes des habitants pour l'année.

Être comme si on n'avait jamais été vivante dans la ville, faire le vide, quel rêve est-ce là ? pense Flora Fontanges qui vient de réveiller en elle l'image nette et précise de Mme Eventurel mère. Il lui suffirait peut-être de se concentrer sur la Grande-Allée d'aujourd'hui, en compagnie de Raphaël et de Céleste, pour échapper à la maison de l'Esplanade ? « Le temps passé n'est plus », cette phrase, bénie entre toutes, aucun ange ne la prononcera-t-il jamais à son oreille ? Comment ne pas s'imaginer à loisir le bond de joie de la prisonnière qui brise ses chaînes, devient libre et légère, sans souvenirs, attentive seulement au soir qui descend sur la ville ?

Raphaël s'est éloigné avec Céleste. Ils font des projets pour aller ensemble à l'île aux Coudres. Elle est seule, attablée à une terrasse de café, parmi la foule. Elle éprouve sa solitude très fort. L'instant ne la porte plus. De là à retourner en esprit à la maison de l'Esplanade, comme s'il n'était plus en son pouvoir de n'y pas aller, appelée par son enfance vivace et têtue.

Une petite fille est assise sur un tabouret, aux pieds d'une vieille femme, dans le silence calcaire de la maison de l'Esplanade. Le rythme régulier d'une grande horloge d'ébène. L'air vide du dimanche entre partout, passe sous les portes, par les interstices des fenêtres, ronfle, massif et creux, dans les cheminées.

C'est une petite fille rescapée de l'incendie de l'hospice Saint-Louis, en 1927.

Depuis toujours, elle est sans racines et rêve d'un grand arbre, ancré dans la nuit de la terre, sous la ville, soulevant l'asphalte des trottoirs et des rues, rien qu'avec le souffle noir de son haleine souterraine. Cet arbre au tronc noueux s'élèverait plus haut que les tours du parlement, plein de mères branches, de rameaux et de ramilles, de feuilles et de vent. Peut-être même, la petite fille serait-elle l'oiseau unique au faîte de cet arbre, bruissant de courants d'air, car déjà elle désire, plus que tout au monde, chanter et dire toute la vie contenue dans cet arbre qui lui appartiendrait en propre comme son arbre généalogique et son histoire personnelle.

Cela se passe parfois le dimanche après-midi, dans la maison de l'Esplanade. Les parents adoptifs sont à vêpres ou en visite, selon les jours, et la fausse grand-mère garde la petite fille. La fausse grand-mère raconte si bien les dessus et les dessous de la famille Eventurel, évoquant son enfance et sa jeunesse, celle de ses père et mère, remontant jusqu'aux premiers jours de la colonie, affirmant que la seigneurie de Beauport, au dix-septième siècle, c'était déjà son propre sang planté en terre comme un arbre de mai. La petite fille, sans père ni mère, assise aux pieds de la vieille dame, souhaite très fort s'approprier l'arbre des Eventurel, comme on s'empare de son propre bien

124

dérobé par des voleurs, dans des temps obscurs d'injustice extrême.

Bientôt, de dimanche en dimanche, les histoires de la vieille dame s'étendirent à toute la ville, se plaisant à rappeler la vie des habitants, dans toutes ses ramifications. L'ambition de la petite fille croissait à mesure que les histoires de la vieille dame prenaient de l'ampleur. Elle fit bientôt ce rêve insensé d'étendre ses possessions imaginaires à toute une société, ainsi qu'on dispose de ses propres affaires de famille, naissances, mariages et morts, elle-même concernée d'âge en âge, se construisant un passé de plusieurs générations et des alliances solides avec toute la ville.

Mais là où la petite fille tombait de son haut, c'était lorsque la dame de l'Esplanade abandonnait sa voix prenante de conteuse passionnée et retrouvait son timbre métallique de tous les jours pour s'adresser à M. et Mme Eventurel, de retour de leurs visites dominicales.

— Cette petite est muette comme une carpe, inutile de lui faire donner des leçons de diction et de solfège, on ne lui apprendra jamais à parler et à chanter, comme vous l'espérez, ni même à écouter poliment. Chaque mot que je dis, j'ai l'impression qu'elle se jette dessus comme si c'était un os à gruger. C'est très choquant, je vous assure, cette avidité de chien perdu. Et puis, je vous l'ai déjà dit, vous n'en ferez jamais une lady.

Un jour, la petite fille fut témoin de la solitude de la vieille dame. La porte donnant sur le couloir du premier étage était

125

entrouverte sur le lieu mystérieux où Mme Eventurel aimait à se retirer. De la porte, on pouvait très bien voir le boudoir vieux rose, à peine éclairé. Des lueurs sourdes filtraient au ras du tapis à fleurs. Une grande horloge noire aux aiguilles, aux chiffres et au balancier de cuivre brillant était adossée à un mur nu. Mme Eventurel se tenait là, devant l'horloge, toute droite dans son fauteuil de velours vieux rose à oreillettes. Elle écoutait le temps qui passe et jamais ne revient. L'attention de Mme Eventurel au tic-tac de l'horloge était entière et forcenée tout comme si elle eût surveillé les propres battements de son cœur, en grand danger, dans sa poitrine de vieille femme. Une sorte de cérémonie solennelle entre Mme Eventurel et son horloge d'ébène. La crainte d'être précipitée dans la mort d'un instant à l'autre si un seul des tic-tac de la grande horloge noire venait à manquer. Elle regardait sa mort en marche comme dans un miroir, elle écoutait sa pulsation hors d'elle comme sur un écran. Elle désirait voir sa mort en face et appréhendait le choc de son passage.

La petite fille demeura persuadée qu'elle venait de surprendre un terrible secret. Lorsque, le dimanche, elle se trouvait seule avec sa fausse grand-mère, elle craignait la divulgation de ce secret, peut-être caché dans une des histoires de la vieille dame de l'Esplanade.

Parfois, la vieille dame s'interrompait brusquement, observant un long silence grognon avant de reprendre le fil de son histoire. Durant ce silence qui durait, la petite fille croyait entendre Mme Eventurel penser très fort des choses malveillantes à son égard.

En réalité, Mme Eventurel songeait que la petite fille assise sur un tabouret, à ses pieds, n'aurait jamais dû naître et qu'il était inconcevable qu'elle essaie de s'incruster dans une des plus vieilles familles de la ville.

Si Mme Eventurel n'adressait jamais la parole à la petite fille, il lui arrivait cependant de parler d'elle, devant elle, et de l'appeler « la petite intrigante ».

Ce n'est pas qu'elle soit malade, mais, depuis le départ de Raphaël et de Céleste pour l'île aux Coudres, elle s'enferme dans sa chambre d'hôtel et refuse de sortir.

C'est dans la solitude et la nuit de la rue Sainte-Anne que de grands pans de mémoire cèdent alors qu'elle est couchée dans le noir, livrée, pieds et poings liés, aux images anciennes qui l'assaillent avec force.

Les mortes font du bruit dans sa gorge. Elle les nomme, une par une, et ses compagnes d'enfance viennent à l'appel de leur nom, de la plus grande à la plus petite, encore intactes et non touchées par le feu, avec le même uniforme de serge noire, des cols et des poignets blancs, des bas noirs à côtes, des bottines lacées et des cheveux courts, soigneusement taillés au carré, tous les mois.

>Alfreda Thibault
>Laurette Levasseur
>Jacqueline Racine
>Marie-Marthe Morency
>Théodora Albert

Jeanne-d'Arc Racine
Estelle Roy
Corinne Picard
Georgette Auclair
Germaine Létourneau
Marie-Jeanne Binet...

Il faudrait les nommer toutes à haute voix, et qu'il y ait un témoin devant nous qui les entende, ces noms d'enfants brûlées vives, et les recueille dans son cœur.

Raphaël n'est plus là pour partager avec elle l'évocation des petites filles de l'hospice Saint-Louis. Maintenant qu'il s'agit de sa vie, elle est sans personne, ni pitié ni compassion.

Une ribambelle de petites filles en vêtements de deuil entourent le lit de Flora Fontanges, rue Sainte-Anne. La plus grande, cependant, a une blouse bleue, serrée à la taille par une ceinture et des cheveux frisés. Elle se nomme Rosa Gaudrault et sera brûlée avec les enfants de la petite classe. Elle dit « ma chatte, ma puce, mon chou, mon trésor, ma belle, ma chouette, mon ange », elle rit et elle parle tout bas parce que c'est interdit par le règlement de donner aux enfants des noms autres que ceux inscrits sur les registres de l'hospice. Parfois, elle chante « la Sainte Vierge s'en va avec ses longs cheveux pendants » et elle est radieuse comme un oiseau bleu dans une volière d'étourneaux tout noirs.

« Rosa », dit Flora Fontanges, tendant les bras dans la nuit, et elle pleure.

Qui oserait franchir le brasier, si ce n'est Rosa Gaudrault qui a déjà fait le don de sa vie et le renouvelle à chaque instant ?

Elle a seize ans. Elle entre et sort, ramène des enfants à chaque coup, passe à travers les flammes et la fumée, un linge mouillé sur la figure. Elle les appelle par leur nom, les supplie de venir avec elle qui est bonne et douce et les a toujours considérés comme des enfants ordinaires avec père et mère à leurs côtés et maison ordinaire riante et chaleureuse. Elle les appelle. Elle les prend dans ses bras. Elle les tire dehors. Elle retourne dedans avec son linge mouillé qui gèle à mesure. Elle appelle toujours. Elle conjure pour qu'on vienne avec elle dehors. Même les pompiers avec leurs masques et leurs grandes échelles n'ont pas son courage et son audace.

Quand on a retrouvé Rosa Gaudrault, le lendemain, dans les décombres, elle avait deux petites filles dans les bras, carbonisées avec elle, couvertes de glace, en une seule branche noire, tordue.

— Du bois mort, là, là !

La fièvre la possède et la fait délirer. Elle se tourne et se retourne dans un lit tout blanc, tout neuf, avec des boules de cuivre aux quatre coins. Elle a onze ans. M. et Mme Edouard Eventurel viennent de l'adopter et de lui acheter un lit. C'est une petite fille réchappée de l'incendie de l'hospice Saint-Louis.

— Si la fièvre ne baisse pas, je ne réponds de rien, dit le médecin.

Il ne lui reste plus qu'une étroite marge de vie où elle se débat, en proie à des flammes invisibles qui la brûlent et la consument. Elle recommence de crier avec une voix déchirante, insistante, qui n'est pas de ce monde. Elle supplie qu'on enlève la chose intolérable au pied de son lit. Elle tend le bras vers la chaise où sont pliés ses vêtements neufs, crie avec une voix d'outre-tombe :

— Là, là, du bois mort !

— En cas de décès, vous enveloppez le corps dans un drap imbibé de phénol.

Ils feront ce qu'il faut faire. En cas de vie ou de mort. Ne l'ont-ils pas adoptée, en bonne et due forme, afin qu'elle porte leur nom et devienne leur fille, à part entière ? Une infirmière la veille, jour et nuit. M. et Mme Eventurel attendent les nouvelles, d'heure en heure, dans la pièce à côté. Par moments, ils soulèvent un coin du drap, enduit de désinfectant, bien tendu dans la porte, qui isole la chambre de la malade du reste de l'appartement. Ils la regardent un instant, dressée sur son lit, tendant le bras vers la chaise où sont rangés ses vêtements.

— Du bois mort, là !

« Rosa », dira encore, à plusieurs reprises, la petite fille dans sa chambre au papier fleuri, préparée pour elle par M. et Mme Eventurel.

Puis rien.

Plus rien du tout. A mesure que la fièvre baisse et que sa peau desquame par lambeaux. Plus un mot. Comme si elle était devenue muette des suites de sa scarlatine. Comme si elle avait tout oublié de son passé. Comme si le présent était *un lieu flagrant et nul* où l'on n'a qu'à se taire.

Aucun son ne semble plus pouvoir sortir de sa gorge, tandis qu'elle arrache de grandes babiches de peau morte sur ses mains et sur ses pieds. Ne faut-il pas faire peau neuve dans tout son corps et jusqu'en dedans de son corps où se cache sa petite vie passée ? Retournée et refaite à neuf, elle pourra peut-être exister une seconde fois et dire : « Voilà, c'est moi, me voici. Je suis vivante à nouveau, sortie d'entre les morts, arrachée d'entre les flammes. » M. et Mme Eventurel ne la désirent-ils pas ainsi, sans loi ancienne, fraîche comme un nouveau-né, sans passé et sans mémoire, facile à lire comme un livre ouvert, remise au monde par leur bon vouloir, plantée solidement sur un chemin connu, choisi d'avance par eux et balisé par leurs soins ?

Ils ont pris toutes leurs précautions pour qu'elle ne soit plus jamais la même. Une quarantaine bien pleine, dépassant de huit jours l'ordonnance du médecin. Quarante-huit jours exactement, enfermée dans une chambre, avec une poupée neuve et *la Semaine de Suzette*. Le délire et la fièvre ont tout emporté de l'horreur et de la peur. Cette enfant n'attend plus qu'eux pour recommencer à zéro. Ils n'ont qu'à la faire sortir toute nue de sa chambre, après lui avoir rasé les cheveux.

Ils l'appellent Marie Eventurel, tout bas, n'osant pas encore la nommer tout haut, de peur de l'effaroucher. Ils attendent tous les deux qu'elle sorte de quarantaine. Depuis le temps que l'appartement de la rue Bourlamaque est placardé « scarlatine », depuis le temps qu'elle est parmi eux recluse et délirante, la voici qui sort de sa chambre, sans rien emporter, lui ont-ils dit. La vraie vie commence à l'instant même, et tout ce qui est arrivé avant aujourd'hui doit disparaître avec le matelas, les draps et les couvertures, la chemise de nuit et la poupée, emportés par le service sanitaire de la ville qui doit faire la désinfection.

Ses cheveux noirs, frais tondus, jonchent le plancher de la chambre, sa chemise de nuit fait un rond par terre autour de ses pieds. Pour la première fois, depuis sa naissance, elle est nue de la tête aux pieds. Elle a honte et elle n'ose bouger. Voici qu'on l'appelle hors de la chambre de quarantaine. Elle n'a pas encore de nom propre, étant entre deux noms, l'ancien se trouvant relégué avec les objets à détruire et le nouveau pas encore habitable. On l'appelle sans la nommer et elle doit faire un pas, puis deux, enjamber sa chemise par terre. Elle a onze ans. Pendant sa maladie, elle a terriblement maigri. Les os de son bassin font saillie sous sa peau blanche. On l'appelle. On lui dit de venir. Son crâne rasé est comme de l'ivoire.

Elle doit traverser le corridor. Chaque pas lui est une torture, éprouvant sa nudité comme si elle était écorchée vive, ayant à comparaître devant des étrangers dans le plus simple appareil, sans aucune espèce de défense, dépouillée jusqu'aux os, lui semble-t-il. Elle marche vers la salle de bains qui sent l'eau de Javel. L'infirmière la plonge et la lave, à grand renfort d'éponge de savonnette soufrée. Désinfectée de la tête aux pieds, elle

131

conserve une odeur de chlore sur sa peau, jusque dans le linge frais et la robe neuve qu'on vient de lui passer.

C'est alors que M. et Mme Eventurel se sont avancés, tous les deux ensemble, pour l'embrasser et lui souhaiter la bienvenue. Ils l'ont trouvée parfaitement muette et glacée, comme pétrifiée.

La nuit a été mauvaise dans l'hôtel de la rue Sainte-Anne, peuplée de cauchemars et d'apparitions. Il y a le jour qui vient maintenant, son bruit, son odeur cognent à la porte et contre la fenêtre fermée. Vacarme d'aspirateur et de clefs remuées dans le corridor, vrombissement de voitures, voix confuses du côté de la rue. Ses jambes, ses bras sont lourds sous les draps, comme mal dessinés, informes. La bouche pâteuse. Le jour pointe à nouveau. Elle se retourne contre le mur. Se complaît dans le noir profond. Refuse de se lever.

Elle restera trois jours couchée dans sa chambre d'hôtel, tandis que les femmes de chambre s'impatientent et reviennent frapper à la porte inlassablement.

— Est-ce qu'on peut faire la chambre ?

Jusqu'à présent, c'était sans danger véritable de faire vivre les femmes de la ville comme des créatures sans défense qu'on mêle à sa propre chair pour les faire chanter avec nous. Même s'il n'y avait qu'un seul spectateur devant elle, c'est sur la scène que ça se passait. Raphaël jouait le jeu comme un archange qu'il est, avec son sourire éclatant et ses grandes ailes invisibles repliées.

Maintenant qu'elle n'a plus rien à inventer, elle est seule dans le noir de la chambre fermée. Les femmes imaginaires de la ville lui échappent et tombent en miettes.

Elle s'attache à la nuit comme si c'était sa propre demeure. Le noir de la nuit l'entoure, lui passe sur la face, sur le corps, opaque et visqueux, pénètre ses veines, change en ténèbres la source vermeille de son cœur. Flora Fontanges est hantée, devient elle-même la nuit profonde, ouverte et visitée.

Surtout, ne pas laisser le jour entrer. Régler ses comptes avec la nuit, une fois pour toutes. A présent qu'elle est seule dans la ville. Débusquer tous les fantômes. Redevenir neuve et fraîche sur sa terre originelle, telle qu'au premier jour, sans mémoire.

L'histoire qui vient est sans fil visible, apparemment décousue, vive et brillante, pareille au mercure qui se casse, se reforme et fuit.

L'idée leur est venue d'adopter une orpheline, le soir même de l'incendie, alors que l'hospice Saint-Louis brûlait et qu'on n'arrivait pas à sortir de là toutes les petites filles prisonnières des flammes. Celles qu'on a pu sauver étaient aussitôt enveloppées dans des couvertures, des manteaux, des vestes d'hommes, tout ce qu'on pouvait trouver, et dispersées dans les hôpitaux, les couvents, les hôtels, les familles.

Le docteur Simard a ramené trois petites filles chez lui. Les Eventurel se trouvant en visite chez le docteur, pour la soirée, ont eu tout le loisir de choisir parmi les trois petites filles.

La plus grande n'avait plus de larmes. Elle regardait droit devant elle avec des yeux sans regard pareils à ceux des statues. Ses lèvres étaient blanches comme ses joues. Drapée dans un plaid qu'elle refusait de quitter, frissonnant par à-coups violemment comme si on la secouait de la tête aux pieds, sa dignité était extrême. La tête droite, les mains croisées sur la poitrine, sans parler, sans bouger, sans manger, ni boire, ni répondre lorsqu'on lui adressait la parole, elle était là parce qu'on l'avait mise là et qu'il fallait bien qu'elle y soit n'ayant plus aucune place au monde pour vivre et mourir. Si parfois la lassitude lui faisait pencher la tête, elle la redressait aussitôt, et ce geste brusque lui conférait une certaine hauteur qui plaisait aux Eventurel.

Mme Eventurel parlait de distinction innée et le docteur Simard évoquait la fierté redoutable de certains pauvres auxquels il est impossible de faire la charité.

On ne l'a pas consultée. Elle a été transplantée de l'hospice Saint-Louis dans le petit appartement des Eventurel, rue Bourlamaque. Les autorités concernées étaient d'accord pour ce transfert et cette adoption. La fièvre scarlatine l'a terrassée presque tout de suite. Le délire lui a permis de crier son mal et sa terreur. A mesure que la fièvre baissait, le silence la reprenait pour ne plus la quitter pendant des jours et des jours. Le temps que ses cheveux repoussent, le temps d'apprendre le langage et les manières des Eventurel.

Sans jamais prononcer un mot, elle biffait dans sa tête tous ceux qui lui venaient à l'esprit, à l'occasion de telle ou telle circonstance, alors que M. et Mme Eventurel employaient d'autres mots qu'elle ne connaissait pas et retenait aussitôt au passage, comme on apprend une langue étrangère.

On ne dit pas : « moé, fret, neinge, catin, beuscuit, confeture, bines, ensuite de te ça, prendre une marche ». Mais on doit dire : « moi, froid, linge, poupée, biscuit, confiture, fèves au lard, après ça, faire une promenade ». On ne rêve pas d'une robe en satin, couleur american beauty, parce que cela fait vulgaire, mais on choisit une jupe écossaise de chez Renfrew, aux authentiques couleurs des clans écossais. Tout ce qui est écossais ou anglais d'ailleurs est très bien. Pour ce qui est des Irlandais, c'est une autre paire de manches. On ne mange pas avec son couteau. On ne balance pas les épaules en marchant. On ne fait pas craquer les jointures de ses doigts. On enlève sa chemise de nuit pour prendre son bain. On ne préfère pas les pommes de terre, la mélasse et le gruau à toute nourriture inconnue, posée sur la table.

Un dimanche à table, en plein repas de midi, dans la salle à manger, elle a rompu le silence d'un seul coup. Elle a demandé d'une voix claire :

— Je prendrais bien un peu de charlotte russe, s'il vous plaît ?

Cela sonnait bien dans sa tête comme sa première réplique de théâtre. Elle, qui n'avait jamais vu ni théâtre ni cinéma, voilà qu'elle se trouvait en mesure de jouer le rôle que les Eventurel lui destinaient. Elle devenait leur fille à part entière, ayant attendu dans le silence de posséder parfaitement leur vocabulaire, afin de pouvoir s'adresser à eux, d'égal à égal, enfant du même monde, croyait-elle, sans rien qui puisse la découvrir et la compromettre.

Le premier jour à l'école, quand on lui a demandé son nom, elle a répondu d'une voix excessivement nette et forte :

— Je m'appelle Marie Eventurel.

Cela a commencé par un nom qu'on lui a donné et qu'elle a pris et, petit à petit, elle s'est mise à ressembler à Marie Eventurel, telle qu'on désirait qu'elle soit.

A la distribution des prix, son nouveau nom de Marie Eventurel revenait souvent, proclamé du haut de la tribune, parce qu'elle remportait presque tous les prix et même le premier prix de piano et de solfège. Chanter surtout l'emplissait de joie. Il lui semblait qu'un jour, si elle travaillait bien, elle deviendrait libre de tout dire avec sa voix, vocalises et roulades rendant possible le passage dans sa gorge de toute sa vie exprimée et du monde entier déployé dans sa terrible magnificence.

Au moment de réciter un poème en classe ou d'expliquer un texte, elle se prenait à aimer follement les sons et les paroles qui se formaient dans sa bouche, sur sa langue et sur ses dents. Il lui arrivait de croire que c'était sa vocation de parler et de chanter, et que rien au monde n'était plus beau que la parole ronde et sonore. Elle chantait des cantiques ou des chansons d'amour, tour à tour comme une sainte du ciel ou comme une amoureuse romantique. Elle fermait les yeux, et son visage resplendissait. L'espace de quelques instants, elle possédait la terre.

A la maison des Eventurel, il s'agit de défaire ce qui a été fait à l'hospice, de se conduire comme si elle n'avait jamais su vivre et commençait à peine à respirer. Parfois, on dirait qu'elle se trouve carrément de l'autre côté de la terre. L'envers du monde, ça doit être ça ; le contraire de tout ce qu'on a été obligé de se mettre dans la tête jusqu'ici.

Mme Eventurel dit :

— Ne ferme pas les yeux quand on te parle.

Inutile d'alléguer qu'à l'hospice il fallait garder les yeux baissés, le plus souvent possible, et surtout ne jamais regarder en face les supérieures. Chez les Eventurel, ce n'est pas la même loi qui règne, ce ne sera plus jamais la même loi, nulle part au monde. Tirer un trait une fois pour toutes. Regarder plutôt les jolies choses qui l'entourent, livres, poupées, jeux, patins à roulettes et à glace et un si joli papier blanc avec des fleurs roses et des oiseaux bleus sur le mur de sa chambre.

Quand ses cheveux ont été suffisamment longs, en boucles légères sur son front et sur ses oreilles, on l'a menée chez la mère de Mme Eventurel, dans la maison de l'Esplanade, pour la première fois. Elle a été un long moment debout, toute droite, en face de la vieille dame qui avait l'air de regarder à travers la petite fille quelque chose de préoccupant qui se fût trouvé sur le mur, derrière l'enfant.

A table, même si elle mangeait de tous les plats qui lui répugnaient, elle éprouvait très fort qu'elle n'existait plus du tout, ni Pierrette Paul, ni Marie Eventurel, mais elle devenait une sorte d'ombre transparente assise en face d'une vieille femme qui ressemblait à la Reine de Cœur d'*Alice au pays des merveilles*.

Tous les habitants de la ville, classés en bon ordre, défilaient dans la conversation des grandes personnes. Certains personnages évoqués devaient subir un examen sévère de la part de la vieille dame de l'Esplanade, avant d'entendre le verdict impitoyable :

— Pas distingué ! déclarait-elle d'une voix tranchante.

La petite fille croyait entendre la Reine de Cœur prononcer un arrêt de mort :

— Coupez-leur la tête !

Cet arrêt, elle devait l'entendre pour son propre compte, ce jour-là, au moment du départ de la maison de l'Esplanade. A l'instant précis où Mme Eventurel piquait une longue épingle dans son chapeau et rabattait sa voilette sur sa figure, la vieille dame s'est approchée de sa fille, faisant semblant de chuchoter, mais sa voix rude s'échappait de tout bord et de tout côté :

— Vous n'en ferez jamais une lady.

La petite fille a très bien compris que la Reine de Cœur la condamnait à avoir la tête tranchée.

Ils se sont juré d'accomplir leur tâche, envers et contre tous, et de mener leur fille adoptive jusqu'à ses débuts dans le monde et jusqu'à son mariage. Ils se sont mis ça dans la tête, dur comme fer.

— Nous en ferons une vraie petite dame, déclare M. Eventurel, qui prend plaisir à traduire les mots anglais employés par sa belle-mère.

Vingt fois par jour, Marie Eventurel se demande si elle marche bien comme une dame, si elle salue bien comme une dame, si elle sourit bien comme une dame, si elle mange bien comme une dame. Cela la fatigue énormément comme un modèle à qui on demande de tenir la pose, durant de longues heures, dans l'atelier d'un peintre.

Dans une autre vie déjà, elle avait l'habitude de surveiller ses gestes et ses paroles et jusqu'à ses pensées les plus secrètes, dans l'espoir de ressembler à ces saintes radieuses et extatiques, malgré les sept glaives dont elles étaient transpercées. C'était à l'hospice Saint-Louis, et Mère Marie-des-Neiges lisait la vie des saints du haut de la tribune, au réfectoire, au moment des repas. C'était la même tension de tout l'être, la même aspiration vertigineuse pour sortir de soi et éclater dans la lumière, le même élan vers l'absolu de Dieu, la même lassitude aussitôt après l'éclair fulgurant, tandis que la réalité toute crue s'étendait partout autour de l'enfant de la Miséricorde.

Les murs nus du réfectoire, la grande croix noire au-dessus de

141

la tribune, les tables interminables, les bancs de bois où s'entassent une centaine de petites filles en noir, penchées sur la soupe aux choux aigres et la viande grise. La certitude pour Pierrette Paul qu'on ne l'appellerait jamais au parloir, le dimanche, ni dans cette vie ni dans l'autre, ajoutait-elle, les soirs de désespoir.

Il n'y avait que Rosa Gaudrault pour la consoler et l'appeler, en cachette, ma chatte et mon trésor.

Trop vieille pour être adoptée, pense Flora Fontanges, et elle songe que ça fait deux jours que Raphaël n'est pas venu prendre de ses nouvelles.

Elle se tourne contre le mur. Ferme les yeux. Reprend le fil de son histoire. Retrouve dans le noir les époux Eventurel qui font semblant d'avoir une fille bien à eux.

Trop vieille pour aimer et être aimée.

Ils auraient mieux fait de prendre un nouveau-né. Elle a onze ans bien sonnés. Trop tard. Pour elle et pour eux. Une certaine distance à franchir de part et d'autre. Ne sera jamais franchie. Se faire une raison. Sous l'œil impitoyable de la vieille dame de l'Esplanade.

Couchés dans leur grand lit de cuivre, sous l'édredon rose, gonflé de plumes choisies, M. et Mme Eventurel, souvent, le soir, font leur examen de conscience. Ils se demandent s'ils ont bien fait tout ce qu'il faut faire pour rendre leur fille adoptive douce et malléable, digne de cette place qu'ils lui destinent dans la société.

Tandis que dans la petite chambre aux murs pleins de fleurs et d'oiseaux, du sommeil de Marie Eventurel s'échappent parfois des cris dont elle n'a pas souvenir au réveil.

— J'ai dû rêver au loup, dit-elle, le matin, en haussant les épaules, lorsqu'on lui rappelle ses cauchemars de la nuit.

En réalité, ce sont des petites filles qui passent dans ses songes et qu'on allume comme des torches. Sept d'entre elles sont choisies pour figurer les sept langues de feu de la Pentecôte. C'est une séance de classe organisée par Mère Marie-des-Neiges. Leurs cheveux flambent comme de la paille. Leurs chemises de nuit s'envolent comme du papier brûlé. L'odeur de leur chair grillée emplit tout l'espace. Quelqu'un dit que le plus grand don de la Pentecôte, c'est la sagesse qui contient tous les autres dons en une seule flamme vive.

Marie Eventurel hurle dans son sommeil.

Durant le jour, elle est sage comme si elle était en possession des sept dons du Saint-Esprit. Sa sagesse ne fait aucun doute. Lorsqu'il lui arrive de chanter à l'école, ou à l'église, ou lorsqu'elle récite un poème en classe, toute une alchimie se fait en elle, brassant larmes et cris pour n'en faire qu'une voix juste et cristalline qui s'enchante de sa propre sonorité et de ce que son âme s'échappe au grand jour dans un souffle pur.

Elle s'est fait apporter son petit déjeuner. Entrouvre la fenêtre. Jette un regard aveugle dans la rue. Reprend le plateau du petit déjeuner sur ses genoux. Assise tout contre l'entrebâillement de la fenêtre. Elle ne voit rien de ce qui se passe dans la rue. Elle mange sans goûter sa nourriture. Ne sent plus rien de ce qui est dans la chambre. Tout occupée à se raconter l'histoire de M. et Mme Eventurel.

Deux ou trois choses que je sais d'eux, pense-t-elle, et elle a envie de rire.

Tout d'abord, bien préciser que l'unique fille de la vieille dame de l'Esplanade a épousé son cousin germain afin de rattraper le nom d'Eventurel en voie de disparition.

Le détachement de Flora Fontanges est extrême. On pourrait croire qu'il s'agit de petits personnages en bois, venus la visiter dans sa chambre d'hôtel, et qui s'agitent comme des marionnettes devant elle.

M. Eventurel quitte la maison parfois très tôt le matin, avalant son café, debout près de l'évier de la cuisine. Depuis que la bonne est partie, M. Eventurel ne déjeune plus. Mme Eventurel est trop lente à préparer le petit déjeuner. M. Eventurel n'a pas le temps

d'attendre. Adieu jus d'orange, gruau moelleux, toasts odorants.
M. Eventurel est aussi pressé de quitter l'appartement de la rue
Bourlamaque que s'il allait pointer à l'usine. Souvent, il regrette
d'avoir dit, un jour, à Mme Eventurel qu'elle avait un port de
reine. Depuis ce temps, elle n'a plus jamais marché vite.

M. Eventurel connaît la ville par cœur, dans tous ses tours et
détours, montant et descendant de la haute ville à la basse ville et
de la basse ville à la haute ville, écoutant, questionnant tout un
chacun, au hasard des rencontres, de neuf heures du matin à
cinq heures du soir.

Cela commençait souvent par un enterrement que M. Eventurel suivait, à pied et tête nue, été comme hiver. La vie du mort
était aussitôt commentée et disséquée à voix basse, et sa
généalogie faite et défaite, dans l'ordre et dans le désordre, de
compagnie avec d'anciens camarades de classe, retrouvés dans le
cortège ou à l'église. C'est fou comme on arrive, certains jours,
pourvu qu'on ait le temps, tout en suivant un corbillard, à
dérouler, presque sans faute, les événements passés de la vie d'un
défunt de la ville, remontant parfois allégrement plusieurs
générations.

Une fois le mort parvenu à sa dernière demeure, M. Eventurel
et quelques amis se retrouvaient au bar du Château ou du
Clarendon. Les faits divers et la politique du pays étaient
commentés avec entrain. Autour d'une tasse de café ou d'un
verre de gin.

Le garçon de bar s'en mêlait parfois, et il était écouté
religieusement. Il se penchait par-dessus le comptoir, approchait
le plus possible son visage brillant et rouge, baissait la voix et
déballait sans vergogne la vie secrète des habitants, de celle qu'on
tient jalousement cachée et qu'on laisse échapper un soir

d'ivresse et de cafard, dans la fumée des cigarettes et l'odeur de la bière.

— Ici, rien ne se perd.

Et le garçon de bar se touchait le front dans un grand geste solennel.

Les sources de renseignements de M. Eventurel s'avéraient multiples et étonnantes. Banquiers, avocats, courtiers, agents de change étaient entendus et consultés pour tout ce qui regardait les affaires de M. Eventurel. Il suivait les cotes de la Bourse avec attention, et plaçait et déplaçait sa fortune à tort et à travers. Cela lui prenait parfois toute la journée. Il était quelquefois distrait par les intrigues qu'il surprenait, ici et là, à travers les conversations d'affaires, les déjeuners au Cercle universitaire et les apartés qu'il savait se ménager avec les secrétaires et les garçons d'ascenseur.

Certains jours, après un enterrement particulièrement solennel, M. Eventurel, très triste, soudain persuadé qu'on n'emportait pas son argent en paradis, décidait de ne plus s'occuper d'affaires de la journée et de laisser le fil des heures se dérouler, selon l'inspiration du moment.

Parfois, M. Eventurel partait à la recherche d'une rose parfaite, de fleuriste en fleuriste, de par les rues de la ville. Cette quête de l'absolu pouvait lui prendre toute la matinée. Vers midi, fatigué, ivre de parfums, les doigts piqués par les épines, il se résignait à choisir la rose la plus lourde et la plus odorante qu'il pût trouver, désirant l'offrir, avec sa considération distinguée, à quelque vieille dame de la bonne société, retirée à l'Hôpital général. Une fois la rose offerte et reçue avec l'émoi et la reconnaissance qui conviennent, M. Eventurel en profitait pour recueillir les confidences de la vieille dame. C'est ainsi qu'il apprenait que le notaire, en ce moment même, se trouvait au chevet de cette pauvre Alice D. qui n'en avait pas pour longtemps. Mais ce qui excitait surtout le cœur de M. Eventurel, c'était d'être mis au courant, par la voix chuchotante de la vieille dame, du sort qui attendait le fils aîné de cette pauvre Alice D., complètement déshérité par sa mère. La voix de la vieille dame devenait presque aphone et elle jurait avoir tout entendu, à travers la porte de la chambre voisine :

— Quant à toi, mon fils Charles, tu m'as déjà coûté assez cher, je te déshérite.

Après avoir quitté l'Hôpital général, M. Eventurel prenait le tramway pour aller au Petit Champlain, là où il retrouvait Gladys, l'ancienne bonne de ses parents, qui élevait des poules et des lapins dans sa cuisine, sans quitter son fauteuil roulant. Gladys était une véritable mine de racontars et d'intrigues, ravitaillée en cela, tous les matins, par son mari, chauffeur de taxi de nuit.

Mis en train par le babillage de Gladys, moitié anglais, moitié français, souvent trivial et cru, M. Eventurel décidait de terminer l'après-midi rue Saint-Paul, chez Georgiana, dans ce que Mme Eventurel appelait une mauvaise maison.

Sans perdre un centimètre de sa haute taille, le chapeau à la main, l'air à la fois contrit et ému, sanglé dans son veston gris fer à rayures blanches, M. Eventurel faisait son entrée chez Georgiana. Il était accueilli, dès le seuil de la porte, par des exclamations de joie. On l'appelait « Monseigneur » et « Majesté », et cela lui faisait extrêmement plaisir.

Mme Eventurel ne se douta jamais de rien, persuadée que ce qui se passait entre M. Eventurel et les filles de la rue Saint-Paul ne pouvait survenir qu'à la nuit tombée, dans des maisons parfaitement closes, signalées à l'attention des mauvais garçons par des lanternes rouges.

Le mari de Mme Eventurel lui revenait tous les soirs, vers six heures, chargé du poids du jour comme tout travailleur ponctuel et besogneux.

La soirée des époux Eventurel s'écoulait pleine d'animation. Ils échangeaient les nouvelles avec gourmandise. Mme Eventurel, de son côté, était riche de tous les téléphonages qu'elle avait faits au cours de la journée.

Lorsque les époux Eventurel reprenaient leurs poses de gisants sous l'édredon rose, ils éprouvaient un contentement extrême, une sécurité infinie, tant les fils nombreux qui les rattachaient à la ville étaient évidents et solidement cousus. Ils semblaient ignorer qu'il y eût d'autres endroits sur la planète Terre où poser les pieds, le jour, et fermer les yeux, la nuit.

Durant les longues soirées d'hiver, dans l'air confiné du petit salon victorien, tendu de bleu, les paroles échangées entre M. et Mme Eventurel se mettaient parfois à flotter et à bourdonner, comme des mouches somnolentes. Dans la pièce à côté penchée sur ses livres et cahiers, leur fille adoptive semblait vouloir tout ignorer des histoires de la ville. Un seul secret avait de l'importance pour elle, celui de sa naissance qui ne lui sera jamais révélé, ni aux époux Eventurel, malgré leurs recherches.

Tout ce qu'on sait, tout ce qu'on saura jamais, c'est que l'enfant née à la Miséricorde a été recueillie par des religieuses, déjà lourdes de tous les péchés du monde, vouées à l'expiation et au salut de tous, mises en croix quotidiennement avec le Seigneur. Et des tendres petits enfants innocents ont été portés par elles, à bras-le-corps, comme des croix de surplus.

Les époux Eventurel ne perdaient jamais de vue la ligne de démarcation qui séparait la bonne société du monde très ordinaire et de la catégorie franchement commune. Ainsi nettement stratifiée, la ville, dans le cœur des Eventurel, demeurait rassurante et claire, comme si l'ordre du monde y prenait racine.

M. et Mme Eventurel s'endormaient, parfaitement calmes et sereins, comme dans leur eau natale.

Un jour pourtant, l'ordre du monde faillit être renversé, et M. Eventurel manqua de peu d'être emporté par la tourmente, acculé à la ruine et brassé avec des gens de peu.

— L'argent ne rapporte plus, se répétait-il avec étonnement.

De mauvais placements en mauvais placements, au fil des années, M. Eventurel se trouva bientôt aux prises avec la crise qui sévissait dans tout le pays, et l'image de sa déchéance se tenait devant M. Eventurel, tout le jour, et même la nuit lorsqu'il dormait.

Il fallut quitter la rue Bourlamaque et emménager rue Plessis, dans un appartement plus petit.

Mme Eventurel prend un amer plaisir à se remémorer les étapes de sa décadence depuis la rue des Remparts qu'elle a dû abandonner, la mort dans l'âme, deux ans après son mariage, à cause de l'incurie financière de son mari. Et voilà que, maintenant, elle craint plus que tout au monde d'être, un jour, chassée de la haute ville par un ange de feu, l'épée au poing, et de ne pouvoir jamais y revenir, pour sa perte et son désespoir.

Désormais, dans les conversations du soir, entre les époux Eventurel, les mots « déclassé » et « décavé » reviennent souvent, lancés avec violence à la tête de M. Eventurel par Mme Eventurel. Et la petite fille, qui fait ses devoirs dans la salle à manger, à côté, croit que ces mots inconnus pour elle sont des injures épouvantables ou des blasphèmes.

151

Dans l'état d'humiliation où il se trouve, M. Eventurel donnerait son âme pour qu'on l'appelle à nouveau « Monseigneur » et « Majesté ». Mais M. Eventurel n'a plus les moyens d'aller chez Georgiana, rue Saint-Paul.

Si Marie Eventurel grandit en sagesse, une sagesse farouche qui la rend silencieuse, studieuse et butée, elle demeure sans grâce, empêtrée dans ses gestes. Finies, pour des raisons d'économie, les leçons trop coûteuses de chant et de diction, terminés les moments de liberté où elle s'échappait d'elle-même pour devenir tour à tour Angélique, Ophélie, Catarina, Beline, Rosette, Armande ou Henriette. N'ayant plus de chambre à elle, dormant dans la salle à manger, sans plus aucun refuge dans l'appartement exigu de la rue Plessis, Marie Eventurel vit son adolescence comme si elle s'enfonçait dans la nuit. Ses mouvements étriqués sont ceux des prisonniers qu'on ne quitte pas des yeux. Ce n'est que beaucoup plus tard, lorsqu'elle sera devenue Flora Fontanges, au-delà des mers, que son corps lui sera rendu dans toute sa légèreté.

Et voilà qu'elle est vieille maintenant. De retour dans sa ville originelle. La boucle est bouclée. Son dernier rôle est devant elle à apprendre et à laisser infuser comme ces amères feuilles de thé, au fond des tasses, lorsqu'on veut dire la bonne aventure. Elle feuillette la mince plaquette de *Oh ! les beaux jours*. Elle sait ce qui l'attend. Elle est Winnie profondément à l'intérieur d'elle-même. Elle a peur. Elle se recueille avant de monter sur son tas de sable et de s'y ensevelir, grain à grain.

Son visage vu dans la glace, au-dessus du lavabo, dans la salle de bains, s'avance vers elle, comme à travers une fenêtre, une image détachée d'elle pour être vue et reconnue par elle. L'arrière-saison en toute connaissance de cause. Une si grande lassitude sur tous ses traits. Elle détourne la tête. Reprend le texte de *Oh ! les beaux jours*, s'exerce à l'inanité de toutes choses, longtemps après avoir refermé le livre.

Les bruits et les odeurs de la ville entrent par paquets, par la fenêtre grande ouverte.

Il dit :

— Je viens prendre de tes nouvelles. On arrive de l'île aux Coudres. On repart tout à l'heure. Céleste est en bas qui attend.

Il se tient dans l'encadrement de la porte avec un petit bouquet de fleurs des champs à la main.

Elle est en peignoir éponge. Ses yeux sont bouffis. Ses cheveux courts se dressent en épis sur sa tête.

Elle demande d'une voix grêle qui ne semble pas lui appartenir :

— Et Maud ?

— Elle était déjà partie quand on est arrivés. Elle ne doit pas être loin. On finira bien par la retrouver. On fera tout Charlevoix, village par village. Céleste et moi, on a pensé que des fleurs...

Elle dit :

— Entre, voyons, ne reste pas là !

Elle range dans la chambre. Rabat les couvertures sur le lit défait. Se tient debout en face de Raphaël après lui avoir pris le bouquet des mains. Elle a l'air perdue, comme arrachée au sommeil. Une si profonde nuit, pense-t-elle. Elle croise son peignoir sur sa poitrine.

— Mon petit Raphaël, si tu savais...

Elle voudrait lui dire que la ville est ouverte et qu'elle n'attend plus que lui pour visiter la ville, de fond en comble, sans rien en elle qui se garde et se refuse.

Il semble embarrassé, répète que Céleste l'attend. Le voici qui s'approche de la fenêtre. Il regarde dans la rue.

Flora Fontanges regarde aussi. Abrite ses yeux avec sa main pour se protéger de la trop grande lumière. Elle voit Céleste qui fait les cent pas, en face de l'hôtel, montée sur ses longues jambes, comme sur des échasses.

Elle se retourne vers Raphaël, doré de soleil, absent à toute autre chose que les allées et venues de Céleste, en bas, sur le trottoir.

Elle ne peut s'empêcher de faire appel à lui, en pure perte, et le sachant bien :

— Il faut que je te raconte, mon petit Raphaël.

Il est avec elle comme n'y étant pas, et c'est inutile de faire semblant de vouloir le rejoindre dans sa parfaite complicité avec Céleste. Il est tiré hors de la chambre de Flora Fontanges par une grande fille qui arpente l'asphalte, pareille à un héron échappé de ses marécages.

Elle veut le retenir, craint, plus que tout au monde, de retomber dans sa solitude. Elle a l'air un peu hagard. Elle croise son peignoir sur sa poitrine. Elle rit trop fort. Elle se détourne de Raphaël. Rit plus bas. Cherche la note juste. Arrange son peignoir et son rire. Se compose une figure. Change de figure, sans qu'il la voie. Il regarde son dos secoué de rire.

— Je cherche mon souffle, parvient-elle à dire.

Et déjà la voix n'est plus la même, plus étoffée et ronde, presque juvénile.

Elle revient vers lui, étrange et mystérieuse. Comme illuminée. Elle reprend le petit bouquet sur le lit. Flora Fontanges penche son visage sur les fleurs, respire l'odeur fraîche de l'été sur son visage brûlant. Elle a les lèvres sèches. Sa voix a des inflexions à la fois tendres et moqueuses :

— Jargeau, boutons d'or, marguerites, herbe à dinde, trèfle blanc, trèfle incarnat.

Elle rit en cascade. Elle s'approche de Raphaël. Elle semble vouloir lui faire une confidence sans prix :

— *Mon bon Seigneur, comment va Votre Altesse depuis tant de jours ?*

Le sourire de Raphaël se fige.

— *S'il vous plaît, c'est au sujet de Monseigneur Hamlet.*

Elle laisse tomber les fleurs par terre.

— *Je voudrais vous donner des violettes, mais elles se sont fanées.*

Sa voix se fêle à nouveau.

— Va-t'en, mon petit Raphaël, bien vite, il ne faut pas faire attendre Céleste.

Elle demande qu'on la prévienne dès que Maud sera retrouvée.

Elle parle soudain comme si elle avait une extinction de voix.

Les femmes de chambre la persécutent. Reviennent frapper à la porte toutes les dix minutes. Demandent à faire la chambre inlassablement. Autant quitter ces draps froissés, cette chambre rangée à la hâte. Affronter seule la ville. Puisque Raphaël est parti avec Céleste et qu'elle est aussi solitaire qu'au jour du Jugement.

Pour ce qui est de la rue Plessis, c'est dans sa tête que ça se passe. L'éclat du jour a beau entrer à flots par la fenêtre grande ouverte, rue Sainte-Anne, une autre rue, sombre et étroite, persiste dans sa mémoire avec sa noirceur et son étroitesse, tout éclairée, par instants, par un bouton de porte en verre taillé.

Un jour, unique au monde, une main longue et fine, gantée de chevreau noir, s'est posée sur ce bouton de porte brillant, comme une pierre précieuse, pur émerveillement d'une petite fille.

On a tout de suite ouvert la porte à la dame de l'Esplanade qui s'est mise à gravir les marches, très lentement, en soulevant sa jupe de cachemire, de crainte d'attraper des odeurs dans l'escalier.

La vieille dame a constaté l'encombrement du logis et conseillé de vendre à bon escient quelques meubles inutiles. Après avoir fait sortir la petite fille du salon et s'être assurée qu'elle n'écoutait pas à la porte, elle a parlé du secours qu'elle se proposait d'offrir à sa fille et à son gendre déchu. Mme Eventurel serait prise en charge par sa mère pour tout ce qui a trait aux vêtements, aux chapeaux et à la lingerie, tant que dureront les mauvaises affaires de M. Eventurel. Pour le reste, on n'a qu'à faire comme si de rien n'était et à tenir la tête haute comme si on n'habitait pas la rue Plessis. La vieille dame se propose de jouer le jeu elle-même, le moment venu, et d'offrir un grand bal dans sa maison de l'Esplanade, en l'honneur de cette petite fille qui n'a pas de nom, lui procurant d'un seul coup l'alibi nécessaire à son établissement dans la ville. Ce nom d'Eventurel, la vieille dame de l'Esplanade voulait bien le prêter à Pierrette Paul, l'espace d'une saison, le temps nécessaire pour qu'elle se trouve un mari. Et la bonne action des Eventurel, commencée un soir d'incendie, se terminerait au son d'une marche nuptiale.

Elle a dix-huit ans. On lui a dit que le collier de perles autour de son cou lui vient de sa grand-mère maternelle. Elle fait semblant de le croire, et autour d'elle on fait semblant aussi. Mais personne n'est dupe. C'est une petite ville provinciale, et tout le monde sait tout, depuis le commencement des temps.

La maison de l'Esplanade est tout illuminée, de la cave au grenier, jusqu'aux petites lucarnes du troisième qui ont l'air de minuscules braises de cigarettes dans la nuit.

Une grande dame, vêtue de soie noire et de jais brillant, reçoit avec élégance et hauteur. Imposture et dérision, pense-t-elle au fond d'elle-même. Elle rit. Ses dents de vieille louve dans son visage émacié... Elle donne un bal en l'honneur de sa fausse petite-fille, comme si elle était vraie. Elle lui dit : « Bonsoir, Marie. » Elle la nomme pour la première fois. Elle l'embrasse sur le front pour la première fois. Elle nargue la ville tout entière. Elle offre un spectacle de faste et de déraison.

Un long gant blanc, à peine jauni, sans vie, comme un serpent mort qu'on découvre en travers du chemin. Est-ce là tout ce qui reste d'une saison de bals et de fêtes ? Flora Fontanges boit son deuxième Martini, à petites gorgées. Autour d'elle, on parle à voix basse. La fumée des cigarettes flotte dans le bar de l'hôtel, en grosses volutes bleues. Lueurs vertes. Atmosphère d'aquarium.

Un jour, il y eut deux longs gants de bal, bien vivants, avec trois petits boutons de nacre, à la naissance du poignet, côté paume. Odeur prenante. Douceur sur la peau. Sandales d'argent. Fleurs dans les cheveux.

Jamais la fille adoptive des époux Eventurel n'a semblé plus près du cœur de ses parents adoptifs et de leur vœu le plus cher. Mince et droite, dans sa longue robe blanche, elle a tout à fait l'air de vouloir s'intégrer à la société.

Les débutantes, cheveux bouclés et frisés, bijoux de famille autour du cou et des poignets, décolletés qui s'affichent pour la première fois, empoignent à pleines mains des jupes de faille, de taffetas, de soie, de tulle et de mousseline ou les laissent traîner sur le parquet, enduit d'acide borique pour le rendre plus glissant.

Les garçons, sanglés dans des tuxedos fraîchement repassés, la raie bien droite dans leurs cheveux courts pleins de brillantine, font danser les débutantes jusqu'à l'aube.

Les plus chanceuses se marieront dans l'année.

Elle a dansé tout un hiver, se perdant dans la danse comme si elle chantait ou disait des poèmes. Son corps devenait de plus en plus léger, abandonné aux bras de ses danseurs pour se figer à nouveau, sitôt la danse finie, reprenant alors la pose des filles bien élevées. Elle aurait voulu devenir danseuse et faire sonner, sous ses talons, la terre entière, comme une piste de danse étale et dure, bordée d'arbres et de fleuves immenses.

Au bout du troisième mois de bals et de fêtes, le plus mauvais danseur de la ville l'a demandée en mariage, et elle a dit non. C'est facile de dire non, comme ça, à un garçon qui vous a marché sur les pieds durant tout un hiver, même s'il a l'air renfrogné et sournois, surpris par ce non qu'elle a prononcé, clair et net. Mais le plus difficile, c'est d'expliquer qu'on a besoin pour vivre d'une piste de danse très grande, sans rien qui limite l'élan et enferme le cœur, et que l'amour dont on rêve n'est pas d'ici.

M. et Mme Eventurel n'en reviennent pas. Un si bon parti, fils unique d'un avocat, héritier de l'étude de son père, une si jolie petite moustache noire, à la Charlie Chaplin.

Trop à l'étroit dans sa peau qui craque, de haut en bas, Marie Eventurel a l'impression d'être un petit lézard, chauffé par le soleil, qui mue et laisse derrière lui ses écailles fanées. Pour la première fois, elle ne joue pas à être la fille adoptive parfaite. Elle vide le fond de son cœur. Elle déclare d'une voix ferme :

— Je ne veux pas me marier, avec aucun garçon. Je veux faire du théâtre, et j'ai décidé de partir et de me choisir un nom qui soit bien à moi.

Elle a été traitée d'ingrate et de dévergondée. Le théâtre étant une invention du diable, indigne d'une fille de la bonne société. La rupture s'est faite, d'un seul coup, entre ses parents adoptifs et elle, comme préparée d'avance dans l'ombre, pareille à un tissu, usé par l'air et le soleil, qui se déchire presque tout seul, entre nos mains étonnées. Ils n'ont fait aucune difficulté pour l'émanciper, malgré ses dix-huit ans. Elle a quitté la ville sur l'*Empress of Britain*, en tant que femme de chambre. Son expérience de la pauvreté devenait son bien le plus précieux, avec la patience qui, chez elle, s'avérait très grande. Ce qui l'attendait, de l'autre côté de l'océan, était à la fois plus beau et plus féroce que tout ce qu'elle pouvait imaginer. Apprendre son métier, être soi-même, *tout entière en sa fleur, de tous côtés au soleil*, et trouver quotidiennement l'argent nécessaire à sa vie la plus rudimentaire.

Elle en est à son troisième Martini. Il y a trop de fumée ici. L'air devient visible, verdâtre et lourd, se mêle à la fumée. Une sorte de magma dans lequel on flotte comme des poissons morts.

Flora Fontanges éprouve la mort de ses parents adoptifs, tel un pressentiment, comme si cette mort allait se produire d'un instant à l'autre, sous ses yeux, ayant pris du retard en elle, s'étant figée dans son cœur en 1956, alors qu'elle se trouvait sans larmes ni chagrin, ingrate et légère, tout occupée à jouer *Mademoiselle Julie*, en province française.

Il n'y a plus rien de vivant ici, dans ce bar. L'atmosphère se raréfie de plus en plus. Le présent n'existe plus. Tous ces gens penchés sur leur verre ont l'air de reflets dans l'eau trouble d'un étang. L'avancement souverain des larmes. L'annonce de la mort de ses parents adoptifs, survenue à quelques semaines d'intervalle l'une de l'autre, l'atteint à travers le temps et l'espace. Elle revoit le papier bleu du télégramme, les petites lettres noires dansent devant ses yeux. La brûlure des larmes point. Elle met ses mains sur ses yeux qui cuisent. Elle se dit que c'est irréparable. C'est arrivé. Ça arrive à l'instant même. La mort de ses parents adoptifs. Elle pleure. Elle ne saura sans doute jamais s'ils se sont déjà aimés en secret, un seul instant, M., Mme Eventurel et elle. Sans mémoire certaine, elle n'a que ses larmes.

La voici dans la rue, en pleine nuit, sous la pluie, elle qui, depuis son arrivée, n'osait pas faire un pas toute seule dans la ville. Côte de la Couronne. Autant en avoir le cœur net tout de suite. Elle n'a que trop tardé. Aller jusqu'au bout de cette côte abrupte, là où... C'est une décision qu'elle a prise alors qu'elle était encore dans le bar de l'hôtel, toute réchauffée par l'alcool et chassée dehors par l'atmosphère confinée du bar, sa solitude la poussant aussi vers une solitude toujours plus grande.

La pluie lui dégouline sur le visage et dans le cou, une lente pluie d'été, pleine d'odeurs mêlées. La ville grillée par l'été fume dans la nuit, sous la pluie, asphalte mouillé, gaz d'échappement, poussière et suie, tandis que, par moments, de surprenants effluves de terre, d'herbe et de feuilles, venus d'on ne sait où, lui parviennent, par grands coups pleins de douceur.

Mon courage est extrême, se répète-t-elle, les mains enfoncées dans les poches de son imperméable. Je suis ivre de courage et d'alcool, pense-t-elle. Et elle rit toute seule en dévalant la côte. Une bonne chaleur dans ses veines alors que son visage mouillé de pluie demeure frais, comme une rose, remarque-t-elle, avec satisfaction. Passage du chaud au frais sur sa peau. Volupté d'un soir d'été, sous la pluie. C'est une étrangère qui se promène dans une ville étrangère.

Tout d'abord, elle ne reconnaît pas la côte de la Couronne, ne l'ayant jamais vue la nuit, ni en cet état d'ivresse légère. Alternance de grands trous sombres et d'éclairages au néon. Une avenue étrange, bordée de draperies tour à tour obscures ou éclatantes. Rien de palpable, de solide, des maisons en trompe l'œil qui oscillent en bordure des trottoirs, surtout rien de reconnaissable qui puisse lui faire croire qu'elle descend vers le cœur de la ville interdite.

La guerre, ou un autre désastre aussi brutal, est passée par là. C'est plein d'édifices abandonnés et de démolitions à peine camouflées. Elle a dû tourner à droite, sans s'en rendre compte. Voici le boulevard Charest, à moins que ce ne soit la rue Saint-Joseph. Partout le désordre d'une ville qui n'arrive pas à dessiner son visage de ville, qui le défonce à mesure, comme si c'était un plaisir de s'éborgner ou de se casser le nez. Les grands magasins ont été transférés en banlieue. Le quartier est désaffecté. L'air qu'on respire sent la cendre et la craie. Des rues entières ont été secouées, pareilles à des tapis, avec leurs immeubles cassés comme des jouets.

Elle doit rebrousser chemin. Retourner côte de la Couronne. S'est juré d'aller jusqu'au bout de cette côte qui n'en finit pas. Désire, d'un désir égal, aller jusqu'au fond de sa mémoire. Bientôt, la masse sombre d'un immeuble inconnu lui barre la route.

Elle s'obstine pourtant à rester là devant cette façade étrangère, sans nul signe de vie ou de mort qui lui soit adressé. La ville tout entière est silencieuse et morne, semblable à une eau dormante. Personne ne peut réveiller ce qui n'existe plus. Inutile d'essayer de creuser sous cet immeuble neuf, plus noir que la nuit alentour, on ne peut y trouver que passé révolu et ruines calcinées.

C'est là qu'autrefois se dressait l'hospice Saint-Louis. Comme tout est calme et lisse, ici, pense-t-elle, les mains dans les poches de son trench-coat, ses cheveux hérissés sur la tête, comme un martin-pêcheur au sortir de l'eau. Sa mémoire éteinte ne pèse pas plus qu'une feuille morte. La chaleur de sa vie présente veille dans ses veines.

Voici que des images surgissent, à la vitesse du vent, plus rapides que la pensée, une promptitude folle, tandis que les cinq sens ravivés ramènent des sons, des odeurs, des touchers, des goûts amers et que se déchaînent les souvenirs, en flèches précises, tirées des ténèbres, sans répit.

Le présent ne concerne plus Flora Fontanges.

C'est une forteresse de femmes et d'enfants, hermétiquement close, dans la nuit d'hiver. La ville tout alentour peut bien se faire et se défaire comme elle l'entend, rien ni personne ne franchit la clôture de l'hospice, sauf les jours de parloir et selon les normes bien établies par le règlement.

Le quatorze décembre 1927.

Tout le monde dort là-dedans, trente religieuses, trois cent soixante et onze petites filles de cinq à douze ans.

Ni extincteur, ni escalier de secours, ni gardien de nuit, aucun exercice de sauvetage. « Le Seigneur est mon berger », chantent-elles, toutes en chœur, avant de s'endormir, tandis que sœur Saint-Amable affirme que pas un cheveu de leurs têtes ne tombe sans la permission divine.

Dix heures trente. Déjà, le premier signe de feu s'est allumé dans une lucarne, au dernier étage de l'hospice.

Il y a un homme qui revient de l'aréna, après une partie de hockey. La neige crisse sous ses pas. Une fumée blanche lui sort de la bouche, à chaque respiration. Il lève la tête. Voit la lucarne qui flambe. Donne l'alerte.

Une veilleuse jette ses lueurs sourdes sur un dortoir de cinquante petites filles endormies dans leurs lits de fer, alignés contre les murs, de chaque côté. Elles dorment, et leurs songes sont déjà pleins de visions de feu et de terreur. De là à passer la ligne du réveil et à trouver la mort à son chevet, il n'y a qu'un pas. Le buisson ardent, la face insoutenable de Dieu, cachée au cœur des flammes, la soif d'Ismaël au désert, les premiers-nés des Égyptiens qu'on immole, le sacrifice d'Isaac, les langues de feu de la Pentecôte et l'enfer rougeoyant qui attend les petites filles pas sages, ah ! surtout l'enfer...

— Mon Dieu, faites que je ne meure pas cette nuit en état de péché mortel !

Le feu gronde, d'étage en étage, comme un vent furieux. La fumée est de plus en plus dense. On sonne des cloches dans les corridors. On crie : « Au feu ! Au feu ! » De dortoir en dortoir.

Petits, petits, pense sœur Saint-Amable, évoquant Jésus-Christ pleurant sur Jérusalem, et elle voudrait les rassembler autour de ses jupes, comme des poussins, et les sortir de là, ces enfants confiées à sa garde.

Des cris, des pleurs. On s'accroche à sa robe de chambre. On voudrait croire que c'est elle, la maîtresse absolue de notre vie et de notre mort. Lui obéir, une fois de plus.

Les vieilles terreurs sont derrière la porte donnant sur le corridor, leurs langues de feu passent sous la porte. Une femme hagarde, en robe de chambre, qui se prétend notre sœur Saint-Amable, veut nous entraîner avec elle, nous faire traverser les flammes, pour nous jeter ensuite, à moitié nues, dans la neige et dans la nuit, quand on ne sait pas ce que c'est que la nuit, ne l'ayant jamais vue qu'à la dérobée, à travers une vitre, n'ayant jamais été dedans, ayant entendu parler des ténèbres là où il y a des pleurs et des grincements de dents, et la neige étale, sous nos fenêtres, froide dessus, brûlante dessous, la neige qu'on connaît déjà et qui n'est pas bonne, il faut obéir et sortir d'ici, le feu sur le plancher court comme si on avait cassé un thermomètre, la fumée nous pique les yeux et la gorge. Mère, comme vous êtes effrayante et tremblante, sans vêtements solennels ! Il faut aller avec vous, tout de suite, avant que, Mère, Mère...

Voilà que l'électricité saute et que les enfants, à grand-peine rassemblées, hurlent, s'éparpillent, courent en tous sens, dans la fumée et l'obscurité. Quelques-unes cherchent refuge dans leur lit, la couverture par-dessus la tête.

Impossible de les faire sortir de là, sanglote sœur Saint-Amable, qui a rejoint ses sœurs sur la neige, en une grappe grelottante d'où partent, incohérentes et vaines, des directives adressées aux pompiers.

Sœur Marie-des-Neiges a sauvé six petites filles et les Saintes Espèces.

Qui oserait maintenant franchir le brasier, si ce n'est Rosa Gaudrault qui a fait don de sa vie ?

Trente-six petites filles ont péri dans l'incendie, plus Rosa Gaudrault, qui était leur bonne et leur première institutrice.

S'il est vrai que toutes les religieuses ont été sauvées, le vrai miracle, c'est qu'on a retrouvé, intacte dans les décombres fumants, la tête de la statue de saint Louis de Gonzague.

Des ronds de feu à franchir comme au cirque. N'a-t-elle pas été, toute sa vie, une bête de cirque ? Voici que ça recommence. Les répétitions de *Oh ! les beaux jours* débutent demain. Déjà, elle se nomme Winnie. L'épreuve du feu à nouveau. Le passage de la ligne. La première fois, c'est dans les bras d'un homme casqué qu'elle a franchi une fenêtre pleine d'étincelles, et son ancien nom de Pierrette Paul est resté derrière elle à se consumer, comme de la cendre, dans les flammes de l'hospice Saint-Louis. Ça crépite et ça gronde dans son dos, et c'est le souffle de la mort qui la flaire et la lèche. Un homme l'emporte dehors, sur la neige, comme un paquet, remonte sur sa grande échelle pour chercher une autre petite fille hurlante. Quelqu'un dans la nuit assure qu'elle se nomme désormais Marie Eventurel. Elle prouvera par la suite que ce n'est jamais fini de sauter au milieu des flammes. La vie de cirque est pleine de périls et de la jubilation incomparable de passer à travers le noyau éclaté de son cœur, en flammèches ardentes. Je m'appelle Phèdre, Célimène, Ophélie, Desdémone. Je retombe sur mes pieds après chaque représentation. Je salue bien bas. Puis je vaque à mes petites affaires, comme tout le monde.

171

Le directeur de l'Emérillon lui a dit :

— Vous devez occuper toute la scène, être pleine comme un œuf, chargée à craquer, comme si vos côtes allaient se rompre et s'ouvrir. La présence de votre partenaire dépend de vous, de l'attention que vous portez à son existence quasi invisible. Vous le suscitez en quelque sorte, sa petite vie dépend de votre petite vie à l'affût du moindre de ses mouvements.

— *Oh ! le beau jour encore que ça va être !*

— *Salut, sainte lumière !*

— *Oh ! le beau jour encore que ça aura été !*

Il faudrait avoir une mémoire d'éléphant pour retenir tout ça. Des bouts de phrases hachées menu, qui vont et viennent, ne sont jamais tout à fait les mêmes et repassent à moitié avalés. Surtout ne pas perdre de vue le fil du désespoir, qui lie les unes aux autres les petites phrases simples, en un collier dérisoire.

Les accessoires ! Mon Dieu, les accessoires ! Il faut apprendre à se servir des accessoires en même temps que des mots. Le jeu des accessoires est imbriqué avec le jeu des mots, comme lorsqu'on joint les doigts de la main droite avec ceux de la main gauche.

Ombrelle, lunettes, grand sac noir, brosse à dents, pâte dentifrice, mouchoir, flacon, bâton de rouge, glace, toque, loupe, carte postale.

Elle a déposé tous les objets, bien en rang, sur son couvre-lit. Elle les regarde avec une sorte de convoitise ardente, désirant se les approprier sur-le-champ.

Maud est revenue. Elle s'est abattue aux pieds de sa mère, dans la petite chambre d'hôtel. Elle pleure. Elle demande pardon. Sa jupe de coton à fleurs s'étale par terre. Elle enserre de ses deux bras les jambes de Flora Fontanges. Elle met sa tête sur les genoux de Flora Fontanges. Voudrait se fondre entre les genoux maternels. Disparaître. Retrouver l'union parfaite, l'innocence d'avant sa première respiration, sur la terre des hommes.

C'est pour toi que je suis revenue, seulement pour toi...

Flora Fontanges dit : « ma petite fille ». Elle répète : « ma petite fille », elle n'a presque plus de voix, rien qu'un souffle, à peine audible, murmurant sans fin, dans les cheveux de Maud : « ma petite fille », « ma petite fille ».

— C'est fini avec Raphaël. Je ne veux plus le revoir jamais.

Maud s'est redressée. Ses paupières sont rouges et le bout de son nez. Une grande natte de cheveux noirs lui bat dans le dos.

Elle explique que c'est à Tadoussac qu'ils se sont retrouvés, tous les trois. Elle a tout de suite vu qu'il y avait quelque chose entre Céleste et Raphaël, et cela elle ne peut le supporter.

— Emmène-moi avec toi, loin, très loin. Je ne veux plus rester ici.

Elle regarde les accessoires sur le lit, elle dit que tout ça c'est minable et que le rôle de Winnie n'est pas un rôle pour Flora Fontanges.

— Je ne veux pas que tu joues une vieille femme délabrée. Je veux partir avec toi, loin d'ici. Recommencer à vivre avec toi. Une bonne petite vie, toutes les deux ensemble, dans ton pigeonnier de Touraine, si tu veux. On fera du jardinage, on aura un chien et un chat, des tourterelles et un moulin à café... des voyages aussi sans doute, peut-être la Grèce...

Flora Fontanges ferme les yeux. Voudrait se perdre dans les bonnes paroles de Maud. Oublier la petite ombrelle, sur le lit, et la toque à fleurs fanées qui l'attendent. Ne pas réfléchir. Faire sa valise. Partir sur-le-champ. Emmener sa fille. Recommencer à vivre avec elle comme s'il ne s'agissait pas d'une enfant cruelle, entre toutes. Faire semblant de croire au retour possible du paradis perdu. Les premiers jours de la vie de Maud retrouvés. Revivre ça, une fois encore. Une fois seulement. Un instant. Rien qu'un instant. Avant de regagner la terre ferme avec ses contraintes et ses engagements. Flora Fontanges ne peut oublier le contrat qu'elle a signé avec le directeur de l'Emérillon, tandis que le rôle de Winnie bouge déjà en elle et réclame la suite de la vie à peine commencée. De quoi rendre Maud jalouse infiniment, pense-t-elle, tout comme si Flora Fontanges portait un nouveau rejeton dans son sein.

Elle sait qu'elle est maladroite et risque de tout gâcher en posant des questions trop directes. Un rien peut offusquer Maud et la faire se cabrer et fuir à nouveau. Elle ne saura jamais pourquoi Maud a quitté Raphaël une première fois. Elle ne le demandera pas.

Maud a tout ramassé sur le lit dans le grand châle indien de sa mère et rabattu les coins. Elle dit que tout est prêt pour le départ, et que la vie est faite pour jeter du lest. Elle fait mine de vouloir lancer le paquet par la fenêtre. Elle rit très fort.

Flora Fontanges a téléphoné pour qu'on apporte du thé et des gâteaux.

Elles prennent le thé ensemble : deux dames en visite s'observent à la dérobée, pèsent leurs mots, entre deux gorgées de thé. Flora Fontanges explique qu'elle ne peut partir qu'en septembre.

Maud accepte d'attendre que Flora Fontanges soit prête à partir. Elles font très paisiblement des projets de retour en Touraine.

Après un silence prolongé, Maud se lève soudain et fait l'éloge des mathématiques. Flora Fontanges l'entend dire qu'il n'y a rien au monde de plus pur que les mathématiques. Maud demeure debout, toute droite, tendue dans une espèce de détermination farouche.

— J'ai trop perdu de temps avec Raphaël. Il faut que je me replonge dans mes études.

Son regard impénétrable, dans sa fixité bleue, bordée de noir. Une sorte de flamme froide. Sa pâleur de porcelaine, malgré le soleil d'été.

Flora Fontanges n'a que juste le temps d'emmener sa fille avec elle. Il faudrait partir sur-le-champ. Vite, avant que Maud ne change d'idée. Et voilà qu'elle lui prépare le lit à côté du sien, dans la chambre d'hôtel, rue Sainte-Anne. Livre sa fille au sommeil. Remet au lendemain toute décision. Se contente de rêver au chevet de sa fille endormie, la veille dans le noir, attentive au bruit régulier de sa respiration. Maud, un instant retrouvée, elle se répète, comme une prière, la dernière phrase du *Grand Meaulnes* :

Et déjà je l'imaginais, la nuit, enveloppant sa fille dans un manteau et partant avec elle pour de nouvelles aventures.

Éric a décidé de fêter le retour de Maud. Les voici tous ensemble autour de la table de la cuisine, attentifs au bon déroulement du repas qu'ils ont préparé avec soin. Un couscous au poulet et au mouton. Ça les change un peu du millet et du tofu habituels. Flora Fontanges a apporté du vin, Céleste un grand bol de framboises sauvages qu'elle a ramenées de son voyage en Charlevoix.

Céleste à un bout de la table, Raphaël à l'autre bout, il n'a pas l'air de la connaître et évite soigneusement de la regarder. Maud est assise à côté d'un garçon boutonneux qui s'ingénie sans cesse à lui frôler l'épaule ou la main, s'excusant à mesure, d'un air à la fois confus et ravi.

Elle les regarde et elle les écoute, ces garçons et ces filles, et sa propre fille qui est avec eux. On dirait qu'ils parlent et qu'ils gesticulent derrière une vitre. Elle est de l'autre côté de la vitre avec sa vie étrangère, comme une monnaie perdue qui n'a plus cours, dans un pays inconnu. Des ombres, derrière une vitre, pense-t-elle, et la plus obscure de ces ombres, c'est certainement Maud, sa fille, qui lui échappe à nouveau, tout entière en son mystère, perdue dans une société secrète avec ses mœurs et ses rites singuliers.

Pour ce qui est d'Éric, fils unique de parents fortunés, l'étonnement de Flora Fontanges est sans bornes. N'a-t-il pas l'air de jouer au pauvre, comme le Christ quittant le Paradis de son père pour endosser la condition humaine ? Peut-être Éric a-t-il aussi quelque faute originelle à se faire pardonner par les pauvres de la ville gravement offensés, depuis le commencement des temps ?

Éric dit qu'on a trouvé du mercure dans le corps d'un saumon pêché dans le Saguenay, et que, si ça continue, la terre entière ne sera plus que pollution et gâchis.

Céleste dit que ce n'est pas en vivant comme en l'an mille qu'on sauvera la terre de la destruction et que la bombe atomique est à la portée de qui saura s'en servir.

Éric assure qu'un certain mode de vie, qui peut paraître archaïque, demeure le seul recours contre la déshumanisation progressive du monde, livré à la machine. Éric rêve de se dépouiller de tout artifice et de recouvrer la pauvreté initiale, dans le libre exercice de tous ses sens ravivés. Ce rêve, il voudrait le partager avec tous ceux-là qui sont autour de lui et l'écoutent en silence comme si sa parole, pourtant familière, était exprimée clairement, ce soir, pour la première et unique fois, ayant été souvent reprise et méditée dans l'obscurité de leur cœur à chacun, tout au long des jours...

La voix d'Éric est lente et basse avec des vibrations étouffées. Elle est prenante et elle porte au cœur.

Éric baisse la tête, ses longs cheveux lisses viennent de chaque côté de sa figure. Il a l'air de bénir le repas et les convives, et les convives sentent bien qu'ils sont bénis et confirmés en grâce par Éric.

Le silence, un instant, demeure sur eux, comme la paix.

La première, Céleste s'est levée. Elle demande, d'une voix forte :

— Qui veut un verre de lait ?

Ils ont abandonné leurs verres de vin, à moitié pleins, et se sont plongés dans de grands verres de lait glacé comme s'ils étanchaient leur soif à la source du monde.

Maud et Raphaël se sont esquivés très vite derrière le rideau de verroterie qui sépare la cuisine de la chambre voisine. Le rideau, un instant soulevé, retombe avec un bruit de perles sonores. A travers le mince écran de billes multicolores, on entend Maud et Raphaël discuter à voix basse.

Céleste n'a fait qu'un bond jusqu'à la porte d'entrée qu'elle a claquée violemment, avant de disparaître dans la nuit.

Chaque soir, lorsqu'elle rentre à l'hôtel, après la répétition, Maud est là qui l'attend. Avant même que la porte soit tout à fait ouverte, Flora Fontanges crie :

— Maud, tu es là ?

Maud l'embrasse sur les joues, sur le front, sur le nez, dans le cou. Elle assure qu'elle n'a pas bougé de la journée. Seules les mathématiques lui ont tenu compagnie. Parfois, elle ajoute que Raphaël lui a téléphoné et qu'elle a raccroché aussitôt. Elle prononce le nom de Raphaël avec une sorte d'application étrange comme si ce nom n'arrivait pas tout à fait à se fondre dans la phrase, demeurant à part et digne d'un autre sort. Elle enchaîne très rapidement :

— Rassure-toi, ma petite Maman. Rien de mal ne peut plus nous arriver. Je suis ta prisonnière. En attendant la Touraine. Je suis vissée ici dedans, les deux pieds enfoncés dans ta moquette. La ville tout entière, Raphaël avec, pourrait crouler sous mes fenêtres que je ne bougerais pas.

Cette grande tranquillité étale dans la chambre, Flora Fontanges et sa fille reposent, allongées l'une à côté de l'autre, font semblant de ne pas sentir cette menace obscure qui rôde dans l'air noir. Maud pleure parfois, au milieu de la nuit, réveillant sa mère en sursaut. Elle affirme que ses larmes ne sont pas de vraies larmes, mais des larmes de songe, et qu'il ne faut pas y faire attention. Au matin, tout paraît oublié, et Maud dévore son petit déjeuner comme s'il n'y avait que ça de vrai au monde.

Combien de jours enfermée dans une chambre d'hôtel, combien de nuits à pleurer en rêve a-t-il fallu pour que Maud en arrive à cette agitation extrême qui la fait bondir sur ses pieds à l'arrivée de sa mère ? Ses cheveux fraîchement lavés lui collent aux épaules et sur le dos, elle sent l'eau douce et le shampooing. Son visage pâle semble plus petit, comme resserré, pareil à un poing fermé. Ses yeux trop grands ouverts brillent comme si elle avait la fièvre.

Malgré sa fatigue, Flora Fontanges voudrait renouer, encore une fois, les gestes quotidiens qui, depuis quelque temps, l'attachent à sa fille, soir après soir, dans la petite chambre d'hôtel, rue Sainte-Anne. Pourquoi ne pas se fier à la force de l'habitude, patiemment tissée autour de Maud, pareille à une fine toile d'araignée, pour la retenir, encore un peu de temps ?

Il n'est que faire comme si de rien n'était, ni la fièvre étrange de Maud, ni ses gestes brusques, ni cette façon qu'elle a soudain de parler trop fort et de gesticuler sans raison.

Flora Fontanges coiffe sa fille pour la nuit et lui fait des tresses de petite fille. Maud s'impatiente. Elle dit qu'elle se fera couper les cheveux dès demain et que Raphaël ne la reconnaîtra plus. Elle devient volubile et bouge sans arrêt dans la chambre encombrée. Elle parle de la douce lumière de Touraine et de la bonne petite vie qu'on peut mener là-bas, au bord de la Loire. Sans transition, elle affirme que personne au monde ne marche comme Raphaël et que personne au monde n'a des dents aussi blanches que Raphaël. Elle dit cela, et elle regarde par la fenêtre. Elle a l'air de vouloir provoquer quelqu'un d'invisible qui serait caché dans la ville. Elle est essoufflée et parle de plus en plus fort. Quitte la fenêtre. S'approche de sa mère assise sur le lit. Déclare qu'elle n'en peut plus d'être enfermée et qu'elle veut sortir.

Maud défait ses tresses mouillées. Met une mini-jupe rouge et des bottes blanches. Ses longues jambes nues. Son petit sac en bandoulière.

— Vite, vite, Maman, on sort ! Viens vite, je t'emmène !

Alors, commence une visite de la ville comme Flora Fontanges n'en a jamais connue.

Les avenues pleines de monde dans la nuit chaude. La belle nuit d'été criblée d'étoiles. Le dédale des petites rues. Des enseignes qui clignotent. Des discothèques surgissent au hasard des rues, de la plus grande à la plus petite, certaines sont minuscules, à moitié cachées sous un escalier extérieur, creusées dans la terre comme des trous de souris. Maud va de l'une à l'autre, n'arrive pas à se décider. Compare au passage les boîtes entre elles. Elle entrouvre des portes. Risque un regard. De grandes bouffées de son, des battements sourds, des nuages de fumée lui montent au visage, tandis que ses joues, son nez, son front se teignent de lueurs.

C'est une fille qui a juré de s'éclater, toute seule, dans la musique et le bruit, comme une créature libre et indépendante. Elle a fait ce pari étrange d'emmener avec elle une vieille femme fatiguée, en guise de témoin. Elle la tire par la main. A chaque boîte découverte, Maud recule, fait « non » de la tête et repart de plus belle, Flora Fontanges sur ses talons.

Parfois, Maud regarde derrière elle, par-dessus son épaule. Elle prétend qu'on la suit depuis l'hôtel.

Ce n'est pas que la tanière profonde et bruyante où Maud s'engouffre avec Flora Fontanges semble rassurante, mais il faut bien entrer quelque part pour échapper à ce garçon, caché dans l'ombre et s'attachant aux pas des deux femmes, depuis l'hôtel, tout en conservant une distance telle qu'on ne voit jamais son visage. Seule son allure féline pourrait le trahir.

Flora Fontanges est projetée dans le bruit et la fureur de vivre. Ça vibre dans tout son corps. Elle est comme un tambour qui résonne sous les coups. Encore un peu ses côtes vont éclater, son cœur se détacher et tomber à ses pieds, sous la violence des chocs répétés. Flora Fontanges met les mains sur ses oreilles. Éprouve dans sa poitrine des saccades sauvages. Elle regarde, comme dans un rêve, sous les rayons verts, sous les rayons rouges, les garçons et les filles se déchaîner, apparaître et disparaître, pleins de reflets et de soubresauts. Leur solitude surtout l'étonne, elle qui a été habituée à ce qu'on l'enlace pour danser. Que font-ils donc tous ceux-là sur la piste, détachés les uns des autres, se dandinant et se déhanchant, à qui mieux mieux ?

Maud est debout, parfaitement immobile, comme se recueillant. Tout son corps se charge d'énergie et de rythme. Ça s'engouffre par tous les pores de sa peau, pareil à une tempête, fait sonner ses os et cogner son sang à gros bouillons.

Bientôt, elle s'avance sur la piste minuscule, frôlant les autres danseurs, sans les regarder, les évitant, se faufilant entre eux, se frayant un passage, suivant son idée, seule au monde, dans un magma de corps ruisselants, d'éclairs de lumière et de chaleur, de désir brut étalé.

Le voici qui se montre dans la porte, fait voir son beau visage et sa haute taille, s'avance à découvert. Ses traits nets et précis. Son nom d'archange qu'elle ne peut s'empêcher de lui donner à présent qu'il vient vers elle du fond de la salle. Se glisse parmi les danseurs jusqu'à ce qu'il se trouve tout à fait en face d'elle. Un instant de parfaite immobilité, un mur de glace entre eux. Elle se remet à bouger en cadence, la première, et il la suit dans chacun de ses gestes, implorant en silence son pardon et sa complicité de danseuse. Un tout petit espace pour leurs pas qui s'accordent déjà à leur insu, mus par le même rythme lancinant. Un tout petit espace entre leurs fronts, leurs bouches, leurs poitrines, leurs ventres, leurs mains qui bougent en mesure, sans jamais se joindre, une attention forcenée au rock qui les possède d'une possession égale, tous les deux, complètement défaits de leur séparation et de leur brouille et refaits dans l'unité de la danse, l'un en face de l'autre, sans jamais se toucher du bout du doigt, transpercés des mêmes flèches, existant très fort, dans un seul souffle de vie, tandis que monte le désir qui les envahit peu à peu.

Ils boivent de la bière fraîche, ils s'épongent le front, ils s'apaisent à petits coups, comme si rien ne s'était passé entre eux, dans cette salle, rien du moins dont ils voudraient parler, alors que leurs cœurs se cherchent en silence.

Maud et Raphaël reconduisent Flora Fontanges, de par les rues de la ville, jusqu'à son hôtel. Ils lui prennent le bras, ils la touchent à l'épaule, avec des gentillesses et des précautions infinies, comme si elle était en verre et qu'ils craignaient à tout instant de la voir se casser entre leurs doigts. Ils disparaissent très vite dans la nuit.

Lorsque Maud est rentrée à l'hôtel, le lendemain matin, Flora Fontanges était encore couchée, rêvant à demi, s'abîmant dans ses larmes retenues, comme sur le sable sec, s'y brûlant les yeux.

Elle se cale sur son oreiller et demande son petit déjeuner. Maud lui sert son café et lui beurre ses toasts. Elle dit que Raphaël et elle sont tout à fait réconciliés et prêts à recommencer à vivre ensemble.

Le café sent bon dans les tasses fumantes. Dehors, la ville entame tranquillement une autre journée d'été dans la chaleur et la lumière.

Flora Fontanges s'est mise à feuilleter les pages toutes cornées et usées de *Oh ! les beaux jours.*

Salut, sainte lumière !

Amertume et dérision, pense-t-elle. La plus profonde solitude vient vers elle, émergeant à peine du grand beau temps qu'il fait.

Oh ! le beau jour encore que ça va être !

Et c'est Winnie qui parle par la bouche de Flora Fontanges. Cette femme connaît déjà les quatre saisons de la vie alors qu'une saison de surcroît lui est donnée, transfigurant joies et peines quotidiennes, pour en faire une parole véhémente éclatant sur une scène, en pleine lumière.

Le soir de la première, la salle est pleine de curieux, plutôt mal à l'aise et vaguement inquiets. Des sourires gênés n'arrivent pas à suivre leur pente jusqu'au rire. Des petites toux agaçantes. Par-dessus tout cela, la voix inlassable de Flora Fontanges raconte une histoire que tous ces gens aimeraient mieux ne pas entendre. On leur a sans doute déjà parlé du corps et de l'âme délétères, mais c'était selon le rituel qu'il faut, sentimental et dramatique, et les sanglots longs des violons berçaient leurs cœurs. Ce soir, de quelle cérémonie funèbre s'agit-il, avec de si pauvres accessoires et de si lamentables créatures ? Le charme de la voix de Flora Fontanges, pourtant brisée, sa conviction profonde agissent sur eux, dans leur dernier retranchement, là où ils peuvent se voir, dans un miroir, le temps d'un éclair, méconnaissables, soudain découverts, dérisoires et condamnés.

On l'a applaudie, à tout rompre, à cause de la performance, disent-ils, puis ils lui en ont voulu de son cadeau empoisonné.

Deux des critiques ont déclaré que ce n'était pas une pièce pour un théâtre d'été, et que même si Mme Fontanges était admirable, elle n'arrivait pas à faire croire à l'inanité de toutes choses, alors que le grand soleil de juillet brillait de tous ses feux sur le monde.

Le rideau à peine retombé, ils sont là, dans les coulisses, à l'embrasser. La joue piquante de Raphaël, la joue de Maud, douce comme celle d'un bébé. Elle se démaquille et elle tremble. Les traces de *Oh ! les beaux jours* sont écrites sur son visage, par des traits plus forts que le maquillage. Maud la supplie d'enlever tout cela très vite et de se laver avec de l'eau et du savon. Elle dit :

— Je n'aime pas que tu sois vieille !

Raphaël répète :

— Vous êtes extraordinaire...

Il a l'air gêné par son émotion même et il ne la tutoie plus. Tout est fini entre eux de cette douce familiarité qui les a tenus ensemble durant de longs jours. Elle est seule à nouveau. La visite de la ville interdite, côte de la Couronne et quartier Saint-Roch compris, elle l'a faite sans son guide attitré. Si tu savais, mon petit Raphaël, voudrait-elle lui dire. Mais c'est vers sa fille qu'elle se retourne, cette petite fille tout occupée à écouter battre son propre cœur, volé par Raphaël.

Elle explique à Maud toute l'horreur qui s'est emparée d'elle, sur scène, tout à l'heure, lorsqu'elle a pris l'ombrelle et qu'elle ne voulait plus s'ouvrir.

Durant un mois, elle joue Winnie tous les soirs, sauf mardi, souffrant mille morts et mille deuils. Elle est possédée. Elle frémit de la passion de Winnie et n'arrive pas à dormir, la nuit, tant elle est tarabustée par de toutes petites vagues amères qui la déshabillent et l'usent à mesure.

Au bout d'un mois, son contrat terminé, ils sont venus, tous les deux, la reconduire à la même gare campagnarde qu'à son arrivée. Ils se sont dit au revoir, d'un air vaguement embarrassé.

Elle a pris congé de la ville. *La séparation a déjà eu lieu et l'exil où elle est entrée la suit.* Tandis qu'une lettre de Paris, dans son sac, lui propose le rôle de Mme Frola dans *Chacun sa vérité*, lui donne envie de rire et de pleurer, à la fois, comme un instrument de musique qu'on touche à peine de la main, et qui vibre en secret, parmi le silence de la terre.

DANS LA COLLECTION « BORÉAL COMPACT »

Imprimé sur du papier contenant 30% de fibres postconsommation,
certifié ÉcoLogo et fabriqué dans une usine
fonctionnant au biogaz.

CE QUATRIÈME TIRAGE A ÉTÉ ACHEVÉ D'IMPRIMER EN JANVIER 2009
SUR LES PRESSES DE MARQUIS IMPRIMEUR
À CAP-SAINT-IGNACE (QUÉBEC).